친구 캐릭터는 어렵습니까?

Is it tough being "a friend"?

다테 야스시 지음

베니오 일러스트

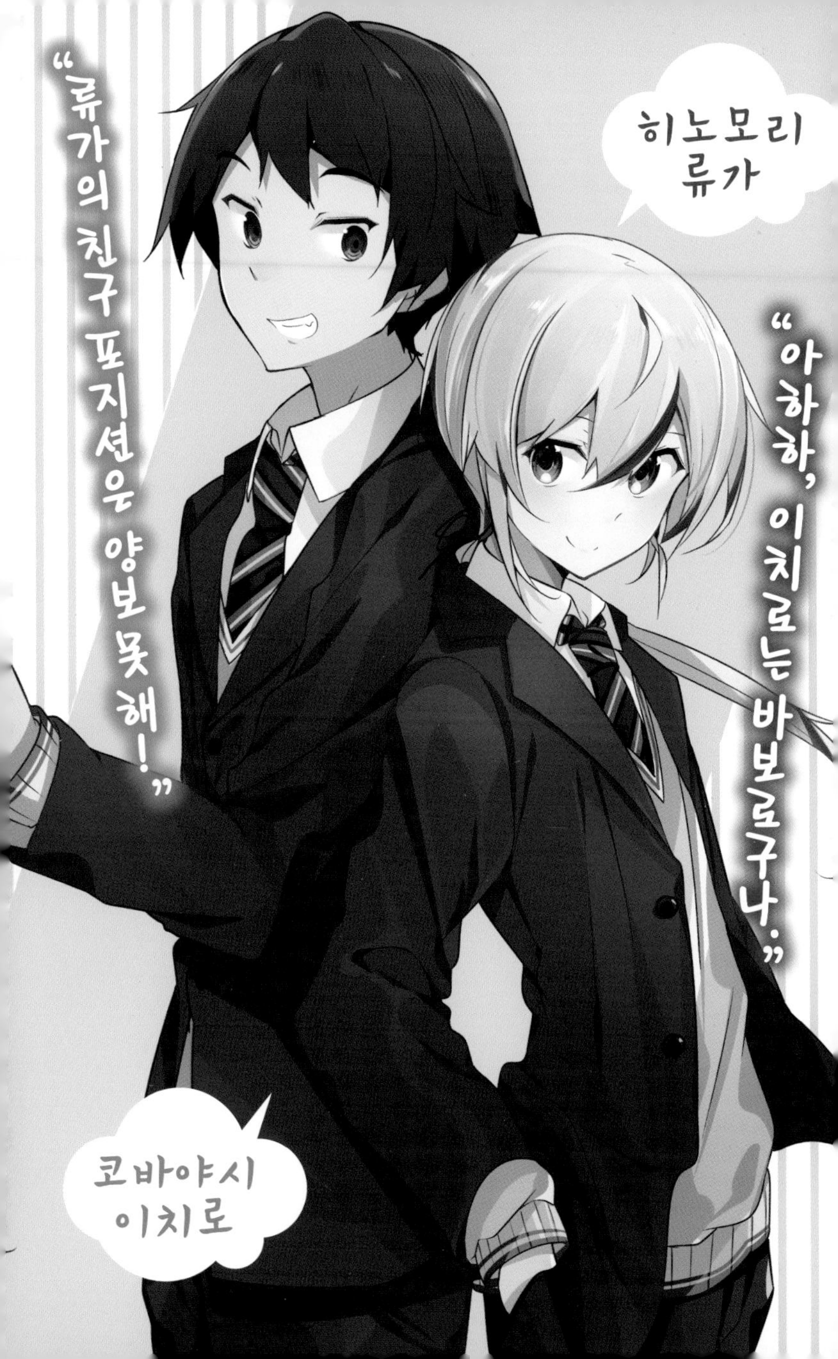
히노모리
류가
"아하하, 이치로는 바보로구나."
"류가의 친구 포지션은 양보 못해!"
코바야시
이치로

"으……응."

잠시 가슴골을
눈을 비비고 감상하는데
그녀가 희미하게
한숨 같은 소리를 냈다.

'오, 오오……?'

정신이 들고 보니 나는 침대 위에서 무릎 꿇고 앉아 있었다.

봐서는 안 된다고 생각하면서도

마음먹고 풀어져라 보는 자세가 되었다.

CONTENTS

Is it tough being "a friend"?

YASUSHI DATE

다테 야스시 지음

고오 일러스트

Is it tough being "a friend"?

친구 캐릭터는 어렵습니까?

CHARACTER

코바야시 이치로
'프로 친구'를 자부하는 소년.

히노모리 류가
날 때부터 주인공 기질인 소년.

유키미야 시오리
학교의 아이돌 같은 존재.

아오가사키 레이
검의 달인인 쿨 뷰티.

엘미라 매카트니
빨간 머리의 요염한 소녀. 수업 중에 자주 잔다.

히노모리 쿄카
류가의 친여동생.

미온
'나락의 사도' 여간부.

프롤로그

"후우…… 이런 이런."

소멸하는 괴물의 잔해를 내려다보면서 소년은 크게 숨을 쉬었다.

번화가에 인접한 인기척 없는 유료 주차장. 저녁노을이 천천히 침식을 확장하는, 흔히 '마물을 만나는 시각'이라 불리는 시간대.

그곳에서 소년은 오늘도 무사히 적을 잠재웠다.

이 세계에 '죽음과 파괴'를 불러들이려 하는 이형의 존재로부터 마을을 지켜 주었다.

──내가 달려갔을 때는 이미 전투는 끝나 있었다.

따라서 그가 어떻게 적을 쓰러뜨렸는지는 알 수 없다. 손에서 기의 파동이라도 쏘았는지, 전설의 검이라도 소환했는지, 아니면 눈에서 빔이라도 나왔는지…… 흥미는 끝이 없지만 내가 그것을 알 필요는 없다.

왜냐하면 그곳은 내가 끼어들 '영역'이 아니니까.

아무런 힘도 없는 일반인이 함부로 관여해서는 안 되기 때문이다.

'그건 그렇고…… 아무리 돌발적으로 적이 나타났다 해도 주차장 같은 데서 싸워도 괜찮을까? 차가 석 대쯤 뒤집혔는데.'

내가 그런 걱정을 하는 동안에도 이형의 잔해는 점점 증발해 갔다.

큰길에서 흘끔 보았을 때에는 3, 4미터는 되던 괴물이 이제는 누름돌만 한 진흙 같은 고형물이 되어 있었다.

괴물이란 어째서 마지막에 소멸하거나 폭발하고 싶어 할까. 일종의 은폐 공작일까. 뭐, 인간적으로는 사체 처리 수고가 덜어서 고마운 일이다만.

'그럼 슬슬 나도 일을 할까.'

이윽고 이형 괴물이 완전히 사라진 것을 확인하고 나는 전봇대 뒤에서 뛰어나와 소년에게 달려갔다.

지금 막 도착했다고? 그런 느낌을 충분히 연출하고 목소리를 뒤집으면서 소년의 뒤에서 외친다.

"이, 이봐 류가! 이런 곳에 있었어?"

"아, 이치로."

바로 류가라고 불린 소년이 돌아보고 단 한순간 '큰일이군'이라는 표정을 지었다.

안심해. 나는 아무것도 모르고, 아무것도 보지 못했어. 그곳에 이형 괴물이 있었다는 사실은 꿈에도 생각지 못해. 희미하게 감도는 썩은 냄새도 신경 쓰지 않아.

상대가 무슨 말을 하기에 앞서 나는 애써 평정을 잃은 채 마구 떠들었다.

"갑자기 사라져서 걱정했잖아! 빨리 도망치자! 조금 전 괴물이 아직 근처에 있을지도 몰라!"

쓰러뜨린 본인에게 말하는 것도 좀 그렇지만 이건 어쩔

수 없다.

이 녀석의 숨겨진 모습을 나는 전혀 눈치채지 못했으니까. 그런 설정이니까.

"봐 류가! 차가 부침개처럼 뒤집혔어! 분명히 그 괴물 짓이야! 여기에 있으면 위험하다고!"

"괜찮아 이치로. 괴물이라면 소멸한 것 같다."

필사적으로 도망가자고 재촉하는 나를 향해 소년은 가볍게 어깨를 으쓱했다.

어라, 솔직히 말해 버릴 건가. 애써 배려해서 이형 괴물이 사라질 때까지 기다렸건만.

"소, 소멸했다고? 어떻게 된 거야."

"으~응…… 나도 잘 모르겠지만 조금 전까지 저기에 괴물이 쓰러져 있었어. 아무래도 누군가와 싸워서 진 것 같아."

너잖아. 이긴 사람.

"괴물의 사체는 내가 발견했을 때에는 원형이 거의 남아 있지 않았어. 하지만 큰길에 나타난 그놈이 틀림없어."

"지, 진짜야?"

"그래."

"대체 누가 그런 괴물을……."

"글쎄. 하지만── 분명히 이제 괜찮아."

소년은 그렇게 말하고 씩 웃었다.

뜻밖에 여장이 어울릴 듯한 중성적인 미인 얼굴. 매끄러운 생머리에 적당히 볕에 그을린 건강한 피부, 미끈한 긴 다리. 그리고 목덜미 부근에서 묶은 뒷머리.

고등학교 2학년치고는 다소 작은 체구로 선도 가늘고, 교복 상의가 조금 크다. 하지만 아마도 벗으면 조각처럼, 고양잇과 동물처럼 군더더기 없는 근육이 붙어 있을 것이다.

응. 역시 이 녀석에게는 화려함이 있다── 역시 주인공이다.

"자, 돌아가자 이치로."

"어, 어어."

걸음을 뗀 소년을 나는 곧장 따라간다. 평소라면 그런 설명만으로 납득할 녀석은 없겠지만 그 이상은 추궁하지 않는다.

그가 그렇게 말한다면 이 사건은 여기서 끝난 것이다.

이 에피소드는 이제 완결되었다.

──사람들 모르게 이형의 존재와 싸우고 그 몸에 '초현실적인 힘'을 담고 있는 소년.

잇따라 나타나는 적에게 용감하게 맞서 오늘도 그는 이 세계를 지키고 있다──

나는 안다. 이것은 그런 이야기라는 것을.

내가 '류가'라 부르는 소년…… 그야말로 주인공에 합당한 존재임을.

같은 고등학생이면서 이 녀석은 명백히 나와는 다른 차원에서 살고 있다. 내가 사는 이 세계는 틀림없이 그를 중심으로 돌고 있다. 결코 망상이 아니라, 나는 그렇게 확신하고 있다.

그런 녀석이 어째서 태평하게 학교에 다니는 건가? 그 점은 생각해도 소용없다. 그런 거라고 납득하는 수밖에 없다.

──아무튼 이 세계는 분명히 그를 주인공으로 한 이야기의 '무대'다.

본디 메인 스토리는 내가 관여하지 않는 곳에서 진행되고 있다. 그를 주인공으로 한 아마겟돈적인, 라그나로크적인, 신들의 심판적인, 사악한 이형 괴물과의 장렬한 전투 이야기가.

함께 싸우는 '동료 캐릭터'도 있을 것이다.

가련한 '히로인 캐릭터'도 있을 것이다.

물론 보시다시피 쓰러뜨려야 할 '적 캐릭터'도 있다.

그 밖에 많은 '군중 캐릭터'도 절대로 가볍게 볼 수 없다.

세계의 모든 것은 이 이야기를 위해 존재하며, 다들 등장인물의 일원이다.

설령 평생 메인 스토리에 관여하지 않더라도 그것 또한 '아무것도 모르고 평화롭게 사는 사람들'이라는 훌륭한 배역인 것이다.

……그래서 그런 나는 뭐하는 사람이냐고? 그럼 자기소

개를 하지.

　내 이름은 코바야시 이치로.

　주인공의 '친구 캐릭터'라는 존재다.

　애니메이션이나 라이트 노벨에서 말하자면 '일상 파트'를 맡는 포지션.

　이야기의 쉬어가는 부분에서 주인공과 엮이고, 진지한 본편과의 균형을 잡는 코미디의 구원 투수를 맡은 서브 캐릭터.

　그것이 내 역할이다.

　나는 적어도 자신이라는 존재를 그처럼 인식하고 있다.

제1장 친구 캐릭터의 올바른 자세

1

다시 말하지만, 내 이름은 코바야시 이치로이다.

내가 봐도 흔해빠진 이름이라고 생각한다. 너무 평범해서 오히려 기억하기 어렵다는 점에서 작금의 '이색적인 이름'과는 또 다른 십자가를 짊어졌다. 이름의 유래는 물론 큰아들이기 때문이다.

참고로 나는 현립 오메이 고등학교에 다니는 2학년생이다.

이 또한 평범한 인문계 고등학교로 뛰어난 수재도 없거니와 도를 넘은 불량 학생도 없다. 전국 대회에 나갈 만한 동아리도 특별히 없다.

나 자신, 이렇다 하고 특필할 만한 개성은 전무하다. 보통 체격에 외모도 아마 평범. 그야말로 '어디에나 있는 고등학생'의 화신이라 부를 만한 남자다.

……만약 내가 창작자라면 이런 녀석은 군중이다.

메인 스토리에 끼웠다가는 먼저 이형 괴물에게 먹힐 것이다. 가련한 희생자 정도밖에 쓸모 있는 사용처가 떠오르지 않는다.

나라는 인간은 어차피 그 정도의 존재…… 그런 것쯤 벌써 알고 있다. 철이 들었을 때부터 이미 자각하고 있다.

하지만. 이런 나에게도 단 한 가지, 특기라 할 수 있는 것이 있다.

그것은 '조연의 재능'이다.

자신을 돋보이게 하는 건 무리라도 남을 돋보이게 할 수는 있다. 치켜세우고, 빛을 내고, 프로듀싱해줄 수는 있다── 그런 수완이 뛰어나다. 그렇게 생각하고 있다.

그리고 지금, 운 좋게 나는 '주인공의 친구'라는 베스트 포지션을 만났다.

조연 센스를 유감없이 발휘할 수 있는 조역의 대임을 맡은 것이다.

나도 옛날부터 한번도 '주인공'을 동경하지 않았던 것은 아니다.

어릴 적에 전대 히어로에서는 레드만 응원했다. 다른 색 따위 어차피 '레드의 곁다리'라고 무시했다.

그런 내가 '조역'을 의식하는 계기가 된 것은 유치원에서 한 학예회. 연극에서 모모타로와 함께하는 동물을 연기한 일이다.

다만 내 역할은 원숭이도 꿩도 개도 아니고, 목도리도마뱀이었다. 원래 있는 배역보다 아이들이 더 많은 탓에 오리지널 캐릭터가 추가되었다.

그 밖에도 너구리와 바다표범, 알파카도 있었을 것이다. 보호자들의 눈을 신경 썼는지 우리는 모모타로의 수하가 아니라 '친구'라는 설정이었다.

'나도 모모타로가 하고 싶었어…… 하지만 나는 평범하니까…….'

그런 생각을 하면서도 나는 목도리도마뱀 역할을 완수했다. 마지막에는 괴물의 공격으로부터 친구인 모모타로를 감싸, 아군에서 유일한 전사자가 되어 보았다.

"울면 안 돼 모모타로…… 지금의 너에게는 할 일이 있잖, 아……."

그렇게 말하고 숨이 끊어지는 목도리도마뱀. 물론 대본에 그런 전개는 없었지만 내 나름대로 클라이맥스를 고조시키고 싶었다.

연극이 끝나자 선생님이 울고 있었다. "이치로의 목도리도마뱀은 최고였어. 모모타로역의 타카시를 진짜 히어로로 만들었어"라며 격찬했다. 부모님께도 크게 칭찬받았다.

그때의 말 못할 달성감, 고양감, 충실감──.

그것이 지금의 코바야시 이치로의 원점이 되었음은 틀림없다.

그 뒤로 나는 전대 히어로를 봐도 레드보다 그린을 신경쓰게 되었다. 그것도 그린이 메인인 이야기가 아니라 다른 멤버가 주역인 회일 때의 그린이 이상하게 신경 쓰였다.

그것이 점점 격화되자 이번에는 전대 멤버조차 아닌 캐릭터에 주목하게 되었다. 박사나, 장관이나, 평범한 아저

씨나.

　때로 등장하지 않는 회조차 있는 그들에게 어린 나는 뜨거운 시선을 보냈다. 하지만 이 마음을 이해해 주는 사람은 없었다.

　누구든 성원을 보내는 대상은 메인 캐릭터뿐이다……엄마 역시 '아저씨의 소프트비닐 인형은 없어'라고 한 말을 기억한다.

　초등학교 2학년 여름에 히어로쇼에 갔을 때도 온 것은 전대 멤버뿐이었다. 그래도 엄청 기뻐하는 또래 아이들이 나는 이해가 가지 않았다.

　'다들 조역을 우습게 보고 있어. 메인 캐릭터만으로 이야기는 돌아가지 않는데. 여러 등장인물이 있어서 세계관에도 깊이가 나오는 건데…….'

　그런 불만을 쌓으며 초등학교 5학년인 나는 그 생각을 행동으로 옮기기로 했다.

　반에 있는 '영 신통치 않은 녀석'에게 접근해 그 녀석이 빛나게끔 만들어주기로 한 것이다.

　서브 캐릭터에 따라, 친구에 따라 주인공은 이렇게나 매력이 늘어난다……. 그것을 증명하기 위한 실험과 관찰이었다.

　먼저 첫 시작으로 전학생 이시다에게 눈독을 들였다. 이시다는 오키나와 출신 축구 소년으로 내성적인 성격이라 반에 좀처럼 녹아들지 못하고 있었다. 쉬는 시간에는 언제

나 교정 구석에서 혼자 쓸쓸히 리프팅을 하는 신통치 않은 모습이었다.

나는 쉬는 시간을 노려 얼른 이 녀석과의 접촉을 시도했다.

"이시다! 리프팅만 하지 말고 슈팅 연습도 해!"

갑작스럽게 말을 걸자 이시다는 움찔 놀랐다.

"코, 코바야시……?"

"주인공적인 존재는 역시 에이스 스트라이커지! 자, 슈팅해 봐! 내가 골키퍼 해 줄 테니까!"

"너도 축구에 흥미가 있어?"

"없어! 아니면 탁구라도 괜찮아!"

이시다가 당황하거나 말거나 나는 그날부터 그의 친구 겸 코치가 되었다.

원래 포워드가 적성에 맞는지 이시다는 순식간에 실력이 늘었다. 돌파력이 붙고 헤딩 경쟁에도 강해지고, 공간 돌파도 교묘해졌다.

그러는 한편으로 나는 부지런히 반에 축구를 보급하고 쉬는 시간의 정해진 놀이로 만들었다. 학년 주임과 교섭해 구기대회도 농구에서 축구로 변경했다.

이시다 자신에게는 오키나와 느낌을 짙게 배어 나오도록 지도했다. "난쿠루나이사('어떻게든 되겠지'란 뜻의 유명한 오키나와 사투리)"를 말버릇으로 만들고 그의 슈팅을 "친스코(오키나와 전통 과자) 바주카"라고 명명했다.

"있잖아 코바야시. 슈팅 이름만 어떻게 안 될까……."

"바보! 캐릭터는 알기 쉽게 명확하게 해야지! 솔직히 평소에 사탕수수를 씹고 있어 줬으면 좋겠다고!"

"시, 싫어."

……프로듀싱한 보람이 있어 언제부턴가 이시다는 반의 중심인물이 되었다. 내가 아는 것만 해도 이시다를 좋아하는 여자애는 여섯 명이나 된다.

이제는 '오키나와의 축구 이시다'라고 하면 우리 초등학교에서 모르는 사람이 없다…… 실험은 대성공이었다.

"코바야시는 왜 나한테 이렇게까지 해 주는 거야?"

"서브 캐릭터니까. 너랑 달리 나는 평범하고 개성이 없잖아."

"내 득점은 대부분 코바야시의 어시스트 덕분인데……. 하지만 코바야시에게는 정말로 고마워하고 있어. 네가 없었다면 나는 줄곧 혼자였을 테니까——."

그 뒤. 그런 겸허한 이시다는 초등학교 졸업까지 버티지 못하고 다시 이사를 갔다.

편지에는 선발에 합격해 클럽팀 하부 조직에 들어갔다고 한다. 나보다 더 호흡이 맞는 선수는 아직 만나지 못했다고 한다.

'역시 내 조연 센스는 진짜야. 그리고 어쩐지 조역은 엄청 즐거워…… 누군가를 돋보이게 하는 캐릭터를 더, 더 하고 싶어!'

자신감이 붙은 나는 중학생이 되자 활동의 폭을 더욱 넓혔다.

때로는 야마시타의 사랑을 성취시키기 위해 상대 여자 아이에게 시비를 걸기도 했다. "뭐 어때, 같이 놀자" 하고 위협하는 순간에 달려온 야마시타가 구출하도록 했다. 두 사람은 정식으로 커플이 되었다.

야마시타는 "코바야시는 똘마니 연기를 잘하는구나……"라며 감탄했다.

불량소년인 와타나베를 학교의 보스로 만든 적도 있다. 와타나베가 감당하지 못할 상대는 내가 쓰러뜨리고, 와타나베의 공으로 해 두었다. 마지막에는 주인공답게 착실하게 갱생하게끔 했다.

"코바야시…… 나는 아마 너한테는 평생 이길 수 없을 것 같아"라며 와타나베는 떨었다.

학생회장 세키구치를 성적 전교 1등으로 만든 적도 있다. 딱 붙어서 공부를 가르치고 시험에서 전과목 만점을 받게 했다. 물론 주인공에게 커닝 따위 허락되지 않는다.

"코바야시, 왜 나보다 공부를 잘하는 거야……"라며 세키구치는 신음했다.

그렇게 나는 갖가지 친구 캐릭터로 변장하며 수많은 '레드적 존재'를 프로듀싱했다. 덕분에 쓸데없이 친구만 늘어나고 말았다.

그러나── 나는 마음속 어딘가에서 아직 불만을 느꼈다.

'아니야. 이 녀석들이 아니야. 내가 떠받들고 싶은 건 좀 더 진정한 주인공이야. 세계가 그 녀석을 중심으로 도는 듯한 진정한 히어로야. 어디에 없나? 내 이상의 주인공 중의 주인공⋯⋯.'

그런 굶주림을 안은 채 중학교를 졸업하고 오메이 고등학교에 입학한 첫날.

나는 그 녀석을 만났다.

그 녀석을 처음 본 것은 대략 지금으로부터 일 년 전. 입학식을 마치고 자신의 교실로 들어갔을 때였다.

──한눈에 보고 보통내기가 아니란 걸 알았다.

여기저기서 반 애들이 수다를 떨고 있는 가운데 홀로 창가에 서 있는 그는 주변의 군중들과 분위기가 명백히 달랐다.

'뭐, 뭐야 이 녀석은⋯⋯ 스타성이 장난 아니잖아.'

불어드는 바람에 앞머리와 뒤쪽 머리카락이 하늘하늘 나부꼈다. 날씬한 체격이면서 무어라 말할 수 없는 위풍이 느껴졌다. 발아래에 놓인 책가방까지 어쩐지 성스럽게 보였다.

그는 그런 '특별한 느낌'을 빚어내면서 창가에 기대 바깥을 응시했다.

그 옆모습은 온화하면서도 두 눈동자에 강한 빛을 머금고 있다. 강한 캐릭터가 "흠, 좋은 눈을 하고 있군. 망설임

없이 올곧은 눈동자를" 같은 소리를 할 법했다.

'나는 알 수 있어. 이 녀석은 틀림없이 순수한 레드다. 아니, 이미 스칼릿이나 크림슨 영역이야. 대체 어떤 녀석이지? 어느 중학교 출신이야?'

정신이 들고 보니 나는 자기 자리를 확인하기보다 앞서 곧장 그 녀석에게 다가가고 있었다.

그를 좀 더 잘 알고 싶다. 자세한 캐릭터 설정을 알고 싶다……. 내 조연으로서의 피가 술렁거렸다.

"여, 너도 이 반인가?"

우선 그렇게 말을 걸어 보았다. 당연히 같은 반이겠지만, 인사는 뭐든 상관없다.

"그게, 나도 아는 애가 없어서 난처하던 참이야. 앞으로 친하게 지내자."

그렇게 말했지만 그는 내 쪽을 가볍게 흘끔 보았을 뿐, 이내 시선을 바깥 경치 쪽으로 되돌렸다. 아무래도 새침한 경향인 듯하다. 뭐, 이런 타입에는 익숙하다.

"난 코바야시라고 해. 코바야시 이치로. 넌?"

"……히노모리 류가다."

먼저 이게 첫 번째 충격이었다.

'히, 히노모리(火乃森), 류가?'

이미 그 시점에서 '코바야시(小林) 이치로'와는 하늘과 땅 차이가 있었다. 나는 수풀 림(林), 상대방은 수풀 삼(森). 나무 목이 하나 더 많은 데다 불타고 있다. 이름에 이르러서는 어떤 유래인지 짐작조차 가지 않는다.

이토록 주인공 같은 이름을 가진 녀석과는 만난 적이 없었다.

"와, 와아, 멋진 이름이네. 애니메이션이나 라이트노벨에 나올 것 같아."

"이 이름, 그렇게 좋아하지 않아."

"응? 어째서?"

"죽을 때까지 숙명에 계속 얽매일 듯한…… 그런 느낌이 드니까."

──호오. 호호오.

좋잖아. 엄청 주인공답잖아.

이 녀석은 진짜일지도 모른다. 내가 찾던 남자일지도 모른다!

"아무튼 친하게 지내자고, 히노모리. 아, 류가라고 불러도 돼?"

"별로 상관없지만…… 이 말만 해 두지."

"응?"

"나랑 너무 얽히지 않는 편이 좋아. 너 자신을 위해서도 말이지."

"…………."

보통은 '이 녀석 무슨 헛소리야'라고 생각할지도 모르겠지만 나는 심장을 관통당한 심정이었다. 그것은 내 안에서 거의 백 점 만점의 대사였다.

──뭐야, 멋있어! 이 녀석은 진짜로 어디 주인공 아니 야?

그때 담임이 나타나서 류가와의 첫 대화는 끝이 났다.

그러나 그 뒤에 있던 자기소개에서 두 번째 충격이 나를 기다리고 있었다.

"히노모리 류가입니다. 고등학생이 되기 전까지 집안 사 정으로 중국의 비경에 있었습니다."

그게 뭐야! 무슨 사정이야!

엄청난 이름에 엄청난 처지── 나는 이미 그 단계에서 히노모리 류가에게 완전히 빠져들었다. 자신이 어떤 자기 소개를 했는지조차 까맣게 기억나지 않을 정도다.

친구가 되고 싶다. 이 녀석을 떠받치는 조역이 되고 싶 다…… 머릿속은 온통 그 생각뿐이었다.

나중에 들으니 나는 "류가의 친구인 코바야시입니다"라 고 자기소개를 한 모양이다.

그날부터 나는 히노모리 류가를 맴돌았다.

아침, 쉬는 시간, 점심시간, 방과 후. 일 분이라도 시간이 있으면 류가에게 말을 걸었다. 류가가 세상사에 초연한 느 낌이라 나는 흥 넘치는 얼간이 같은 분위기로 가기로 했다.

류가는 처음에는 노골적으로 귀찮아하는 얼굴이었지만 몇 달쯤 지났을 무렵에는 대화에 응해 주게 되었다. 점차 태도도 부드러워지고 웃어 주기도 했다.

"아하하. 이치로는 바보로구나. 그럴 리가 없잖아."

"누구 보고 바보래! 진짜래도! 방귀랑 대화했대도!"

"뭐라고 이야기했는데."

"내가 '벨기에의 수도가 어디였더라' 하고 중얼거렸더니 '브뤼셀입지요, 나리'라던걸."

"당연히 거짓말이겠지."

평소의 류가는 생각보다 말수가 적으면서도 절묘한 지적을 잘하는 녀석이었다. 점점 더 내 캐릭터와 궁합이 딱 들어맞는다.

"그보다 류가, 다음에 수영장 가지 않을래? 옆 동네에 큰 풀장이 있어."

"미안하지만, 수영은 별로 좋아하지 않아."

"수영을 할 리가 없잖아! 눈 보신하러 가는 거라고! 수영장을 뭐라고 생각하는 거야!"

"마지막 말을 그대로 되돌려 주지."

──학교 안팎에서 함께 지내는 시간이 늘어나면서 나는 류가가 틀림없는 주인공임을 확신하기에 이르렀다. 그리고 그 생각은 나날이 커졌다.

먼저 이 녀석은 과거를 거의 이야기하지 않는다.

고등학교 이전 일을 물으면 "떠들 만한 얘깃거리는 없어"라며 항상 얼버무린다. 애니메이션에서 이런 주인공을 본 적이 있다.

또 수업을 자주 빼먹는다.

돌아왔나 싶으면 심하게 지쳐 있거나 입술에서 피를 흘리거나 교복 소매나 깃이 찢어져 있기도 하다. 라이트 노벨에서 이런 주인공을 본 적이 있다.

그리고 이 녀석은 이능력을 가지고 있다.

전에 양손에서 뿜은 오라로 만화잡지를 태우고 "끝까지 못 읽었는데……"라며 풀이 죽어 있는 모습을 엿보았다. 그 잡지 연재작품 중에 이런 주인공을 본 적이 있다.

'진짜였어. 이 녀석은 남몰래 이형의 존재와 싸우는 진짜 히어로였어! 내 이상이자 원점인 리얼 용사였어!'

설마 이형의 괴물이 실제로 존재할 줄은 생각지 못했지만, 그런 자잘한 사항은 아무래도 좋았다.

나는 드디어 만났다. 모든 것을 걸어 떠받칠 유일무이한 존재를! 세상의 중심이라 할 만한 주인공 중의 주인공을!

……마침내 2학년으로 진급해 다시 같은 반이 되었을 때. 류가가 말했다.

"또 같은 반이라 다행이야. 앞으로도 잘 부탁한다, 이치로."

"어?"

"처음에는 좀 귀찮았지만, 이치로는 이제 나에게 귀중한 존재야."

"류가……."

"나 말이야, 너랑 있을 때만은 사명을 잊을 수 있…… 아, 아무것도 아냐."

그 말을 듣고 나는 "맡겨만 뒤!"라며 기뻐서 우쭐했을 정도다.

나는 주인공의 친구 캐릭터로 인정받았다.

앞으로도 그의 곁에 있어도 된다. 류가의 오디션에 합격했다!

이렇게 내 '친구 캐릭터 인생'은 현재에 이른다.

내 앞에서는 웃고 있지만 류가는 아마도 많이 힘들 것이다. 누가 뭐라 해도 그의 두 어깨에는 세계의 명운이 달려 있다. 마음고생으로 머리가 벗겨지지 않을지 걱정이다.

모르는 것으로 되어 있는 이상 나는 아무것도 해 줄 수 없다. 아무리 봐도 비밀이 빤히 들여다보일 때에 그것을 못 본채 지나가 주는 것밖에 해 줄 수 없다.

하지만 그것으로 됐다. 나는 솔직히 메인 파트의 류가에게는 크게 흥미가 없다. 나에게 류가는 '잠깐의 평화'에 몸을 둘 때의 류가다.

나는 류가의 '동료'가 아니라 어디까지나 '친구'……. 함께 싸우는 목도리도마뱀이 아니라 좀 더 소극적인 목도리도마뱀이어야 한다. 그것을 완수할 만큼의 경험은 쌓아 왔다고 자신한다.

일상 파트에서 그를 상대로 열심히 야단법석을 떠는 것. 평상시의 류가에게 잠깐의 안락함과 즐거움을 제공하는 것.

그것이 나, 코바야시 이치로의 사명.

류가의 주변에서 이 포지션을 맡을 수 있는 사람은 틀림없이 나 말고 또 없다.

2

히노모리 류가와 만난 지 어느덧 일 년 남짓.

그만큼 함께 있으면 그에 대해 제법 통달하게 된다.

이렇게 말하기는 그렇지만, 류가는 은근히 흔한 주인공이다. 이른바 스테레오타입이라고 할까. 뭐, 본인에게는 주인공이란 자각은 없을 테고, 지나치게 엉뚱한 캐릭터이면 폐해도 있을 테니까 나는 그걸로 좋다고 본다.

──류가는 학교에서는 부 활동을 하지 않는다.

언제 적이 나타날지 모르므로 바로 집으로 돌아가는 편이 타당하겠지. 그는 그 청춘을 빛과 어둠의 끝나지 않는 전투 속에서 불태우고 있다.

──또한 류가는 괴이한 사건에 자주 말려든다.

이 동네에서는 '현대 과학으로는 설명되지 않는 현상'이나 '미확인 생명체가 사람을 덮친 사안'이 자주 발생하는데, 류가가 관여하면 곧 있어 완전히 조용해진다. 물론 원흉인 이형의 적을 그가 쓰러뜨린 덕분이다.

──그런 류가지만 어디까지나 자신에 대해서는 '지극히 평범한 고등학생'이라고 주장한다.

이건 거의 여자 화장실에서 카메라를 한 손에 들고나온

아저씨가 "수상한 사람은 아닙니다"라고 말하는 것이나 마찬가지다. 평범한 고등학생은 이형의 사기(邪氣)(사악한 기운)를 번뜩 알아채지 못한다.

그러나 나는 지적하지 않는다. 그 말을 화려하게 받아넘긴다.

나만큼 숙련된 친구가 되면 그런 뻔한 겸손이 '주인공의 형식미'라는 사실쯤은 훤히 안다. 류가 역시 숙련된 주인공인 것이다.

──그리고 결정타. 히노모리 류가의 주변에는 언제나 누군가 미소녀가 있다.

천사처럼 귀여운 중학생 여동생 히노모리 쿄카.

교내의 아이돌 같은 존재인 유키미야 시오리.

검의 달인인 쿨한 전통미인 아오가사키 레이.

수수께끼의 전학생, 엘미라 매카트니. 이 녀석은 무려 머리카락이 빨간색이다.

그리고 몇 년 만에 재회했다는 동갑내기 소꿉친구도 있는데, 다들 부자연스러울 만큼 미소녀이며, 완벽하게 타입이 다르고 강렬한 이름의 히로인들이다.

하지만 이들은 나에게 상당히 까다로운 존재이기도 했다.

그녀들이 류가 앞에 나타나면 나는 '일'을 해야 한다.

각각 류가와 얽힐 때마다,

"이, 이봐 류가! 너 유키미야랑 어떻게 아는 사이야?"라

거나,

"아, 아름다운 검사인 아오가사키 선배가 류가를 만나러 일부러 교실까지?!"라거나,

"에, 엘미라! 류가 따위 어디가 좋은 겁니까아!" 이런 식으로 필사적으로 소란을 떨 필요가 있다.

과도하게 인기 있는 주인공을 향해 경악·질투·분노 등의 반응을 연기하는 것……. 친구 캐릭터에 있어 기본 중의 기본이지만, 결코 쉬운 일이 아니다.

사실은 이게 곁에서 지켜보는 것보다 칼로리를 소모한다.

나도 기분이 처지는 날도 있다. 그렇다고 직무 유기를 할 수는 없다. 필요하다면 오열마저 요구된다.

때로 그녀들을 우연히 마주치게 해서 난장판을 만들어 류가가 불합리한 일을 겪게 하기도 한다.

그때는 "훗, 류가 잘 알았겠지"라며 우쭐대는 것도 잊지 않는다. 그러면 항상 류가가 "……이런 이런" 하고 말한다. 이건 류가의 말버릇이다.

참고로 히로인들은 아직 현재로서는 우열의 차이가 거의 없다. 류가와의 거리를 크게 좁힌 사람은 없는 듯하다.

과연 류가를 얻는 자는 어느 히로인 후보인가…… 개인적으로는 하렘 상태인 채로 적당히 넘어가는 선택은 하지 말기를 바란다. 마음이 개운치 않으니까.

아니, 현재 상황에서 모든 후보가 입후보했다고 단정 지을 수 없다.

앞으로도 새로운 히로인이 하나둘 등장해 류가 하렘이 확대될 가능성은 있다. 적어도 앞으로 두세 명은 각오해 두어야 할까.

류가의 체력이 걱정이다. 내 혈압도 걱정이다. 하지만…… 그래도 괜찮아. 올 테면 와라.

어떤 캐릭터가 나오든 내가 치켜세워 주마. "귀, 귀여워어어어──!"라면서 눈을 하트로 만들어 주마.

솔직히 여자라는 생물은 귀찮을 뿐이라고 생각하지만 그런 본심은 입도 뻥긋하지 않고 거친 콧김을 뿜어 주겠다.

나는──프로 친구 캐릭터니까.

"어이 류가, 밥 먹자."

점심시간. 오늘도 나는 빵이 든 편의점 봉지를 들고 류가에게 말을 걸었다.

이 녀석과 점심을 먹을 수 있는 확률은 요새 별로 높지 않다. 성공하는 건 다섯 번에 한 번 정도일까.

류가는 대부분 히로인 후보 중 누군가에게 어딘가로 끌려가 버린다. 인기척 없는 옥상이거나, 쓰지 않는 교실이거나, 때로는 학교 밖이기도 했다.

그 점에 불평해도 소용없다. 그녀들은 이야기의 메인 캐릭터다. 나 같은 서브 캐릭터보다 우선되는 게 당연하다.

하지만…… 다행히 오늘은 끼어드는 히로인들이 없다.

아무래도 친구 파트인 것 같다.

"있잖아 류가, 들어 봐. 또 내 '미소녀 리스트'가 갱신됐어!"

기회는 이때다. 나는 학교에서 귀엽다는 여자아이 정보를 떠들었다. 내가 자랑하는 극비노트를 꺼내 생년월일, 키, 몸무게, 혈액형, 스리 사이즈 등을 류가에게 누설한다.

……솔직히 크게 흥미는 없다. 여러 여자의 프로필을 기억할 바에야 연표 하나라도 암기하고 싶다.

하지만 나는 류가에게 이 정보를 전해야 한다. 우쭐하는 얼굴로 떠들고 한심한 취급을 받아야 한다. 살짝 구식 친구 타입이지만 그게 내가 정한 캐릭터다.

"이치로, 너 말이야…… 그런 걸 조사해서 어쩌려는 거야."

당연하다고 해야 하나, 류가가 한숨을 쉬며 눈을 반쯤 뜨고 나를 바라본다. 도끼눈이라는 것이다.

"어떻게 손에 넣었는지는 모르겠지만 들키면 문제가 되지 않겠어?"

"괜찮아. 개인정보 유출에는 충분히 주의하고 있어. 내가 이걸 누설한 건 친구인 너뿐이야."

"그 활동력을 다른 곳에 쓰면 좋을 텐데……."

우유 팩의 빨대를 물면서 류가가 "이런 이런" 하고 또다시 탄식했다.

정말이지 동감이다. 성장기 인간의 스리 사이즈 따위 조

사한다고 무슨 의미가 있는 것인가. 나도 한 달 사이에 일 킬로그램이나 이 킬로그램은 증감한다. 노력에 비해 아무런 결실도 없는 작업이었다.

하지만 하는 수 없다. 쿨한 주인공의 친구는 역시 '멍청이에 에로'가 궁합이 좋다고 생각하니까.

그 점에서 보면 담임인 미네기시는 열 받는다. 그 녀석은 교사로서 너무 성실하고 지나치게 근면하다.

주인공의 담임이란 적당하고 대충대충해야 한다.

자주 수업을 자습으로 바꾸어 류가가 학교를 빠져나갈 기회를 주어야 한다. 그리고 "이런 이런, 이 학교 괜찮은 거야"라고 류가가 말하게끔 해야 한다.

게다가 미네기시는 중년 아저씨다.

주인공의 담임은 여선생님이어야 한다. 섹시한 미녀거나 극단적인 로리 소녀거나, 허점이 많은 덜렁거리는 누나여야 한다. 미네기시, 너는 임팩트가 약해.

미네기시는 어디로 전임 안 가나――라고 생각하던 그때.

"으, 윽⋯⋯!"

느닷없이 류가가 가슴을 누르며 괴로워했다.

온몸을 부들부들 떨면서 눈을 부릅뜨고 교복을 쥐어뜯는다. 아무래도 필사로 무언가에 저항하고 있는 모양새다.

추측이지만 몸 안에 깃든 '너무나도 강력한 힘' 같은 게 폭주하려 하는 거겠지. 그것은 본디 인간이 감당할 수 없는 것이며, 쓰는 자에 따라서는 신도 악마도 될 수 있는 위험한 힘일 것이다. 잘은 모르겠지만.

얼굴에 비지땀까지 흘리는 건 안됐지만 나는 마음을 독하게 먹고 말했다.

"와하하. 웬 연극이야, 류가."

……진짜 친구라면 이런 반응은 하지 않는다. 심각한 얼굴로 걱정할 테고 본심은 그러고 싶었다.

그러나 나에게는 그런 배려는 허락되지 않는다. 어디까지나 '주인공의 고생 따위 손톱만큼도 모르는 태평한 녀석'으로 있을 필요가 있었다.

여기서 류가를 바지런히 간병하는 것은 히로인들의 역할이다. 지저분한 남자여서는 불만이 제기된다.

그런 이유로—— 어이, 누구든 괜찮으니까 빨리 와. 류가를 어떻게든 해 줘.

등에서 황금색 오라를 내뿜고 있다니까. 은근히 진짜로 불쌍하다니까!

"하앗, 하앗………… 후우."

아, 나았다. 히로인의 등장을 기다리지 않고 류가가 회복해 버렸다.

잘된 건가? 미소녀의 절실한 외침이 필요했던 거 아닌가?

모처럼 머리 하나 앞설 기회였건만, 그 녀석들은 하나같이 대체 뭘 하는 거야. 이런 후각이 없으면 메인 히로인의 자리는 쟁취할 수 없다고. 만약 예정된 히로인이 실수한 거라면 그 녀석은 머리를 빡빡 밀어야 한다.

내가 어찌할 바를 모르고 있자 얼마 있지 않아 류가가 고개를 들었다.

"이, 이봐 류가, 괜찮아? 위험한 거 아냐?"

나의 당황을 '단순한 걱정'으로 해석해 준 듯한 그는 숨을 헐떡이면서 겸연쩍은 듯이 미소 지었다.

"아아, 미안…… 아무것도 아니야."

"…………."

"신경 쓰지 마. 정말로 별일 아니니까."

별일 아닐 리가 없다.

오라가 나왔잖아. 두 눈이 빛났잖아. 우우우웅 하고 수수께끼의 땅울림이 들렸잖아.

하지만 물론 지적하는 것은 금지다. 나는 바로 웃으면서 "너, 수면 부족 아냐?" 하고 낙관적인 감상을 말할 뿐이다.

"별일 아니라면 아무래도 상관없지만. 잠은 푹 자는 편이 좋아."

"그래, 알아."

"어차피 밤늦게까지 게임이라도 했겠지. 아니면 야한 책이라도 봤어? 나도 빌려줘, 요거 요거."

"아하하. 뭐, 그런 거지."

내가 봐도 멍청한 대화라고 생각한다.

수면 부족으로 괴로워한다니 뭐야. 오라는 무시하냐. 용 같은 형태가 되려고 했다고.

만났을 무렵에는 나도 류가가 단순한 중2병 아닌가 의심한 시기가 있었다. 그러나 보시다시피 이 녀석은 진짜다.

얼마 전까지 이 구역에서 일어난 '사람들이 돌이 된 사건'을 해결한 것도 류가의 활약 덕분이다.

"——류가. 잠깐 따라와."

그날 방과 후.

점심시간에 있었던 일을 어디에서 들었는지 아오가사키 레이가 교실로 뛰어들어 왔다.

그녀가 등장한 것만으로 순식간에 교실이 술렁인다. 여전히 사무라이 같은 용맹함과 모델 같은 프로포션이 훌륭하게 함께하는 분위기……. 그 날카로운 눈이 주위를 가볍게 둘러보자 순식간에 여학생 둘이 실신했다.

그런 주변 반응에 개의치 않고 아오가사키는 긴 포니테일을 흔들며 성큼성큼 류가에게 가서 그의 팔을 잡아 일으켰다.

"아, 아, 아오가사키 선배가 또 류가를! 두 사람은 대체 무슨 관계——."

"코바야시. 오늘은 너랑 놀아 줄 시간이 없다. 미안하지만 류가를 빌려 가겠어."

아오가사키는 내가 일을 하지 못하게 하고는 류가를 연행해 갔다. 이 녀석은 히로인 후보인 주제에 류가보다 키가 크다. 170센티미터는 될 것 같다.

"류가 대신에 제가 가겠습니다! 호텔이든 여자 화장실이든!"

"자중해, 변태."

아오가사키는 나를 희번덕 노려보고 교실을 나갔다.

류가와 함께 돌아가려고 했는데, 히로인 후보의 개입에는 거스를 수 없다. 그녀는 나 같은 것보다 훨씬 더 중요한 캐릭터기 때문이다.

'……잠깐 보고 와 볼까.'

잠시 망설인 뒤, 나는 몰래 두 사람을 미행하기로 했다.

여태껏 본줄기에 얽힐 만한 일은 터치하지 않아 왔지만, 생각해보면 류가의 이능력에 대해 대강은 알아두는 편이 좋을지도 모른다.

하다못해 용 같은 오라가 뭐였는지만이라도 파악해 두고 싶다……. 그렇게 생각했던 것이다.

'추측건대 그건 류가에게 깃든 수호신 같은 거겠지만……. 이름이 있을까?'

다행히 두 사람이 향한 곳은 교내의 도장이었다. 오늘은 동아리 활동이 없는지 류가와 아오가사키 단둘뿐이다.

류가는 도장 한가운데에서 좌선을 하고 명상했다.

그런 류가에게 검도복 차림의 아오가사키가 말한다. 실내가 쥐 죽은 듯 고요한 덕분에 문에 달라붙어 있는 나에게도 소리가 잘 들렸다.

"류가. 수호신이 폭주하려 했던 것 같군."

……역시 수호신인 모양이었다.

"그래. 지금까지는 어떻게든 제어했는데…….

"힘을 해방할 기회가 늘어서 진정한 각성을 하고 있는지도 모르겠어. 네 안에 잠든 거대한 【용신】이."

……역시 용신인 모양이었다.

"하지만 괜찮아. 나는 이 녀석의 힘 따위에 집어삼켜질 일이 없으니까."

"알아 류가. 너라면 틀림없이 【용신】을 제어할 수 있어. 너는 내가 인정한—— 유일한 남자니까."

아직 이야기는 계속될 것 같지만 나는 그쯤에서 도장을 뒤로했다.

아무튼 기본 정보는 획득했다. 이 이상을 내가 알 필요는 없다. 그것은 일부 메인 캐릭터만이 알면 될 일이다.

나한테만 실수로 말할 일은 없겠지만 묻지 않는 것이 제일이다. 여자들의 스리 사이즈와는 비밀의 무게가 다르다.

'그건 그렇고…… 【용신】인가.'

너무 좀 평범하지 않을까.

뭔가 좀 더 이렇게, 리바이어선이나 요르문간드라거나, 케찰코아틀처럼 꼬부랑 글씨면 안 됐던 걸까. 그 점만이 마음에 걸렸다.

물론 모든 것이 픽션처럼 되지 않는 사실은 나도 안다.

류가의 이야기는 리얼 드라마다. 현실과 동떨어진 현실이다. 그렇기에 딱히 비틀 필요 따위 없다.

하다못해 조금 더 네이밍을 말이지…….

3

그로부터 별일 없이 평일이 지나고 일요일이 되었다.

쉬는 날도 내가 완벽하게 오프인 건 아니다. 친구 신분인 이상 류가와는 자주 번화가로 놀러 간다. 학교만이 내 무대가 아니다.

사복을 입고 류가와 만날 때는 나름대로 주의가 필요하다.

아무리 개그를 담당하는 서브 캐릭터라지만 나는 그래도 주인공의 친구. 차려입을 필요는 없지만 너무 지저분한 차림도 안 된다. 무엇보다 중요한 건 주인공과 패션이 겹치지 않을 것.

하지만 오늘은 류가와 약속은 없었다.

평소의 중책을 잊고 느긋하게 활개를 쳐 볼까……. 그렇게 생각했는데 예정이 들어오고 말았다.

마침 역 앞에서 학교 아이돌인 유키미야 시오리와 딱 마주쳤다.

"어, 유키미야. 누구랑 만나기로 했어?"

"네, 그렇죠."

"혹시 류가?"

그렇게 묻자 순식간에 유키미야가 새빨개져서 고개를 숙였다. 그렇군, 오늘의 류가는 데이트 이벤트였나.

유키미야는 왕도인 청순파 히로인이라, 사복도 세련된 순백의 원피스다. 허리까지 닿는 황갈색 긴 머리카락이 복장과 절묘하게 어울린다. 양손에 든 자그마한 바구니에는 아마도 류가를 위해 직접 싼 도시락이 들어 있겠지.

……유키미야 시오리는 전교 남학생의 동경의 대상이며 좋은 집 아가씨다.

단아하고 누구에게나 상냥하지만 세상 물정을 모른다는 갭도 함께 가지고 있다. 가슴이 다소 검소한 점이 아쉽지만 류가 하렘의 중심을 담당하는 히로인 후보라 할 수 있다.

성적 상위의 우등생임에도 불구하고 그녀 또한 류가와 함께 수업을 빼먹는 일이 잦다. 함께 싸우는 것으로 보인다.

요컨대 유키미야도 이능력자인 것이다.

"저기, 히노모리 군의 친구이시죠."

"응!"

미소 지으면서 묻는 유키미야에게 나는 유치원생처럼 기운차게 대답했다.

역시 유키미야. 나 같은 말단 캐릭터도 함부로 대하지 않는다. 여자의 스리 사이즈를 조사하는 성희롱대마왕에게 이런 부드러운 웃는 얼굴을 보여 주다니.

"코바야시 이치로 님이셨죠?"

"어? 아, 맞아 코바야시! 이런~, 알아주다니 감격이야."

……이런 내가 한순간 반응이 한발 늦어 버렸다.

유키미야는 옆 반이니까 내 이름을 떠올린 것만으로도

눈치가 있는 여자애다. 하지만 이 경우는 오히려 눈치가 없다.

유키미야 그게 아니잖아.

이 상황에서는 이름을 틀려야 하잖아.

오바야시든 나카바야시도 상관없다. 너의 장난스러운 면모를 살짝 보일 천재일우의 기회였어!

정답을 맞춘 것은 좋지 않다. 그건 오히려 오답이다.

왕도의 히로인 속성을 지녔다고 해서 마음을 놓지 않는 편이 좋다. 그런 캐릭터는 자칫하면 다른 히로인후보에게 먹히곤 한다.

유키미야 시오리가 메인 히로인의 자리를 쟁취하려면 좀 더 개성이 필요하다고 본다.

"아, 저기, 그런데 코바야시 님. 혹시 시간이 있으면 한 가지 물어도 될까요."

내 실망 따위 알 리도 없이 유키미야가 그런 소리를 한다.

"질문? 뭔데?"

"음, 그게……."

갑자기 주저주저하는 유키미야.

눈을 치켜뜨고 흘끔흘끔 나를 살피면서 한참을 머뭇거렸다.

"그렇게 묻기 어려운 일이야?"

"아뇨, 그런 건 아닌데……. 그냥 평소 히노모리 군은 어떤 느낌일까 해서……."

사그라질 듯한 목소리로 웅얼거리는 유키미야를 보고 나는 내심 히죽거렸다. 그래, 이렇게 나왔나.

　동성 친구와 있을 때의 주인공을 알고 싶다── 그것은 히로인으로서 당연한 감정이다. 의무라고 해야 한다.

　부끄러워하는 표정, 새침하게 손가락 끝을 마주 대고 있는 것도 훌륭하다. 생각보다 소양이 있잖아 유키미야. 조금 전 마이너스 포인트를 만회했다.

　"평소의 류가? 으~응, 글쎄에."

　이 기회에 류가를 마구 칭찬해 주고 싶은 마음을 억누르고 먼저 나는 한마디로 단호하게 잘라 버렸다.

　"그 녀석은── 그냥 이상한 녀석이야."

　"이, 이상하다고요?"

　"그래. 그 녀석은 무슨 생각을 하는지 모르겠고, 요새는 어째 잘 어울리지도 않고, 부모님이 장기 출장 중이라 거의 집에 돌아오지 않고, 그래서 쓸데없이 요리 스킬이 높아."

　당황하는 유키미야를 내버려 두고 나는 막힘없이 술술 막말을 이어갔다. 하는 김에 류가의 가정 사정도 자연스럽게 알려 둔다.

　친구를 깎아내리는 건 마음 아프지만 이것도 내 역할이다.

　"그래도 뭐…… 류가는 나랑 달리 착실하고 심지가 올곧은 녀석이니까. 아마도 자기 여자 친구는 엄청 소중히 대하지 않을까."

그리고 마지막은 자신을 이용해 류가를 단숨에 치켜세운다.

이건 비하이면서 비하가 아니다. 내 주식도 올라가고 있다. 나는 류가의 나쁜 친구이자 이해자 캐릭터다.

"유키미야도 힘내. 류가는 경쟁률이 높겠지만."

"저, 저, 저는 딱히, 그런 건."

유키미야 시오리가 새빨개진 목을 절레절레 흔든다. 좋은 반응이야, 유키미야.

"지금부터 류가와 데이트지? 그 녀석은 멜로영화 꽤 좋아해. 보고 싶은 작품이 상영 중이라고 했으니까 괜찮으면 같이 보자고 해 보지?"

"추, 충고, 감사합니다……."

귀까지 빨개지면서도 예의 바르게 꾸벅 인사하는 유키미야. 안됐지만 내가 힘이 되어 주는 건 여기까지다. 한 명의 히로인만 너무 도울 수는 없는 노릇이다.

자, 슬슬 류가도 올 테고 나는 빠져 줄까.

'……잠깐만.'

그때 내 가슴에 문득 일말의 불안이 스쳤다. '정말로 이걸로 괜찮았나?'라고.

주인공을 무시하고 히로인과 엮인다……. 이건 친구로서 주제넘은 행위 아닌가?

유키미야는 어디까지나 류가의 것이다. 함부로 엮여서 플래그라도 세웠다가는 큰일이 난다. 플래그라는 건 어디

에 굴러다닐지 알 수 없는 법이다.

　배려가 조금 부족했는지도 모른다. 인사만 하고 헤어지는 편이 좋았을 수도 있다. 급기야 유키미야에게 감사 인사까지 받아버리다니 나답지 않은 경거망동이었다.

　살짝 궤도를 수정해 둘까…….

　"──유키미야. 역시 조금 전 대목은 없었던 일로 하지 않을래?"

　"네?"

　느닷없이 진지한 표정을 지은 나를 보며 유키미야가 고개를 갸우뚱한다.

　"나는 여기를 지나지 않았다. 유키미야도 만나지 않았다. 알았지?"

　"네, 에?"

　영문을 모른 채 어리둥절한 유키미야. 눈치가 없는 여자다. 자세히 설명하다가는 류가가 와 버린다.

　"아무튼 우리는 만나지 않았어! 류가에게는 아무 말도 하지 마!"

　"대체 무슨…….'

　"됐어! 고자질하면 롤링 엘보를 먹여 줄 테다!"

　다짐을 받듯이 위협하고 내달린다. 그리고 뒤에 숨어 남겨진 유키미야를 지켜본다.

　그러자 얼마 되지 않아 류가가 나타났다. 평소처럼 산뜻한 웃는 얼굴로 유키미야에게 "미안, 기다렸지"라며 인사한다.

그 모습을 신중하게 관찰하고 나는 타이밍을 살핀다.

초조해하지 마. 아직이다. 조금 더…… 좋아, 지금이다!

두 사람이 걷기 시작한 찰나, 나는 만반의 준비를 하고 걸음을 뗐다. 시치미를 뗀 얼굴로 어디까지나 자연스럽게 두 사람에게 접근한다.

"아, 이치로."

나를 알아채고 류가가 가볍게 한 손을 든다.

나도 손을 들어 그에 응답하려다 이내 표정을 확 바꾸었다.

시선 끝에는 유키미야 시오리. 조금 전 아무렇지 않게 이야기하던 상대.

"여 류가. 그리고…… 유, 유, 유키미야라고오오오—?!"

내가 봐도 드 니로에도 지지 않는 박진감 넘치는 연기다.

멍청하게 두 사람을 번갈아 보며 입을 뻐끔거리다 땅바닥에 주저앉았다. 피눈물도 흘릴 수 있다.

"왜, 왜 네가 유키미야랑 같이 있어! 어떻게 된 거야! 데이트야? 데이트인 거야?! 요새 이상하게 친해 보인다 했더니만, 이런 사이였던 거야아아?!"

"아, 아니래도."

지나가는 사람들이 무슨 일인가 하고 우리를 주목하고 있다.

내 절규에 놀라 주부가 데리고 나온 치와와가 컁컁 짖었다. 어이, 방해하지 마. 지금 한창 물이 올랐다고.

"나는 혼자 외롭게 일요일을 보내는데 너라는 놈으으으은!"

"나랑 시오리는 별로 그런 관계가……."

"뭐야 이름으로 부르는 거야 이 자식이이—!"

땅바닥에서 이리저리 뒹굴며 떼쓰는 아이처럼 팔다리를 파닥거린다. 하지만 복식호흡은 잊지 않는다.

"애초에 너한테는 소꿉친구인 리나가 있잖아! 옆집이라 가족 단위로 교류가 있는 2학년 E반 리나가 있잖아아!"

다소 설명적이었나. 뭐 상관없겠지.

"진정해 이치로."

"이게 진정할 일이야! 제길! 넌 뭐야아아아!"

……유키미야 시오리는 어안이 벙벙해져 있다.

동그랗게 뜬 커다란 눈이 '당신이야말로 뭡니까'라고 말 없이 호소하고 있었다.

4

이튿날. 새로운 주의 월요일.

역 앞에서의 사건 따위 없었던 것처럼 나는 여전히 류가에게 여학생의 스리 사이즈를 전하고 있다.

"이봐 이치로. 시오리와는 정말로 단순한 친구야."

아직 류가는 그런 변명을 하지만 그건 아무래도 좋다.

울부짖으면서 떠난 시점에서 그 장면의 내 역할은 다했다.

그런 것보다—— 새로운 미션이다.

수업이 끝나자 나는 싫어하는 류가를 끌고 도검장에 갔다. 목적은 아오가사키 레이가 옷을 갈아입는 모습을 훔쳐보는 것.

이런 이벤트도 일상 파트에는 불가결이다. 전투만으로는 류가도 지칠 거다. 적당히 숨도 돌릴 필요가 있겠지.

그래서 이번 타깃인 아오가사키 말인데…… 그녀는 검사 캐릭터이자 히로인 중에서 유일한 3학년이다.

큰 키에 야무지게 늠름한 전통미인 타입으로 말투와 성격도 상당히 시원시원하다. 그러나 당당한 히로인 후보로서 '글래머'라는 심플하고도 최대의 여자 요소도 장비하고 있다. 포니테일로 엿보이는 목덜미도 요염하고 아주 보통내기가 아니다.

참고로 아오가사키는 검도부에 소속되어 있지 않다. 요전이나 오늘처럼 동아리가 활동하지 않을 때 학교 도장을 빌려 혼자 연습할 뿐이다.

"학생 검도에 내가 참가하는 건 공평하지 않아"라는 이유지만…… 사실은 류가가 부 활동을 하지 않는 것과 같은 이유이리라.

아오가사키 역시 류가와 함께 싸우는 '동료 캐릭터'이다. 이전에 한번 폭주하는 덤프트럭을 두 동강 내는 장면을 목격했다. 보지 못한 것으로 했다만.

"이봐 이치로, 역시 관두자. 이런 건 좋지 않아."

"이제 와 겁먹지 말라고. 이 창문 너머에 꿈에서까지 본 도원향이 있다고? 엘도라도가 있다고?"

도장 옆에 있는 탈의실. 그 창문에 학교 건물 바깥쪽으로 몰래 다가가 웅크리고 대기하는 나와 류가. 놓치지 않고 커튼을 열어 놓은 부근이 과연 아오가사키다.

이제 슬쩍 창문을 들여다보기만 하면…… 일상 파트에도 이처럼 긴장감 넘치는 전개는 있다. 그걸 연출하는 게 친구의 역할. 변태 캐릭터에 걸맞은 활약이다.

"조, 좋아, 가자 류가. 놓치면 안 돼? 가슴에, 눈 속에 새기라고?"

"……이런 이런."

눈에 핏발을 세운 나와는 대조적으로 류가가 이상하게 내키지 않아 하는 것이 신경 쓰인다.

하기야 성욕이 적은 주인공은 드물지 않다. 나랑 함께 너무 헉헉 흥분해도 그건 그거대로 곤란하다. 이 녀석은 조금 점잔을 빼는 정도가 딱 좋다.

"살~그머니, 살~그머니……."

기척을 전부 지우고 세심한 주의를 기울여 창문을 들여다본다.

그곳에는 과연 우리에게 등을 돌리고 무방비하게 하얀 피부를 드러낸 아오가사키가 있었다. 이미 아래는 교복 치마를 입었지만 상반신은 아직 브래지어 차림이다.

──자, 이제부터 내 '진짜 일'이다.

보여 주마. 내 장인의 솜씨를. 친구 캐릭터로서의 유능함을.

"에, 에, 에이취!"

그곳에서 나는 성대한 재채기를 해 보였다.

어젯밤부터 연습한 자연스러우면서도 대음성의 한방을 터뜨렸다.

아오가사키가 깜짝 놀라 우리 쪽을 향한다. 교복 블라우스로 가슴을 가리고 옆에 있던 목도에 손을 뻗는다.

"우오! 실수했다, 들켜 버렸어!"

말할 것도 없이 실수한 것이 아니다. 모두 계획대로다.

여자를 밝히는 범행은 때때로 미수로 끝난다. 그 뒤 먼지 나도록 맞으며 혼쭐이 난다── 이 종류 에피소드는 거기까지가 한 세트다.

"네, 네, 네놈들…… 이 괘씸한 놈들이!"

평소에는 침착하고 냉정한 아오가사키가 수치와 분노로 눈물을 글썽인다.

볼을 붉히고 어깨를 부들부들 떨며 그러는 김에 큰 가슴을 출렁출렁 흔든다. 나이스 리액션이다.

그녀 같은 강직한 캐릭터는 에로 방면에 면역이 없는 것이 약속된 사항이다. 그 갭이 가슴을 뛰게 한다는 걸 그녀는 잘 이해하고 있다. 상급생의 경험 덕인가.

하지만 아오가사키, 하나만 지적해야겠다.

브래지어는 그만둬. 고전풍 캐릭터는 천을 감는 거야 아오가사키.

"부녀자가 옷을 갈아입는 모습을 엿본다니 언어도단! 거기 서!"

"히익! 도망치자, 류가!"

이렇게 계획은 무사히 물거품으로 돌아가고 우리는 즉시 도망 태세로 들어간다. 쫓아오는 아오가사키. 가슴을 힘차게 흔들면서!

달리던 그때, 내 바로 옆을 뭔가가 휭 하고 지나쳐 앞쪽 나무에 꽂혔다.

아오가사키가 던진 목도였다. 죽으면 어쩔 거야 아오가사키.

"나한테서 도망칠 수 있을 것 같아!"

순식간에 뒤에서 성난 목소리가 가까워지고 내 목덜미가 꽉 붙들렸다.

물론 그것은 아오가사키. 초인적인 다리 힘으로 창문에서 뛰어나온 그녀는 눈 깜짝할 사이에 나를 붙잡는 데 성공했다. 다른 한쪽 손에도 이미 류가를 잡고 있었다.

……몇 초 뒤. 나와 류가는 나란히 무릎 꿇고 앉아 그 자리에서 재판을 받았다.

"보자, 네놈들. 변명할 말은 있나?"

아오가사키가 상어 같은 눈으로 노려본다. 어째서인지 나만 노려본다.

"……없습니다."

"좋아. 그렇다면 방법을 고르게 해 주지. 참살(斬殺)과 척살(刺殺)과 박살(撲殺)과 교살(絞殺), 뭐가 좋지?"

"되도록이면 뇌쇄(惱殺)로 부탁드립니다."

"아직도 말도 안 되는 소리를 하나! 이·변·태·갓……!"

아오가사키가 내 목을 꽈악 조른다. 입에서 엑토플라즘이라도 내보내고 싶지만 안타깝게도 나에게는 그런 이능력이 없다.

문득 보자 아오가사키의 블라우스에서 브래지어가 엿보였다. 분노로 위쪽 단추 절반 잠그는 걸 깜빡한 것 같다.

'큰일이다.'

나는 순간적으로 그녀의 가슴에서 시선을 돌린다.

히로인 후보의 속옷을 제대로 봐도 되는 사람은 주인공뿐이다. 나는 봐서는 안 된다.

아무리 꾀를 부려도 결코 볼 수 없다……. 그것이 친구 캐릭터의 숙명이다.

"코바야시! 어차피 네놈이 류가를 꼬드겼겠지!"

"그런! 억울해! 너무해!"

그 말대로다. 그러나 이렇게라도 하지 않으면 류가는 서비스 장면을 패스해 버릴 것이다.

반복하지만 류가는 성욕이 적다. 하렘 계열 주인공이란 둔감하고 초식계인 법이지만 류가는 특히나 그 성향이 현저하다.

"거짓말하네! 류가가 먼저 엿보자고 할 리가 없잖아!"

"정말이에요! 나는 류가에게 말했어요! '역시 그만두자. 이런 짓은 좋지 않다'고! 그랬더니 류가 녀석 엘도라도가 어떻고라고!"

그러자 류가가 "반대잖아……"라고 중얼거렸다.

지적 고마워 류가. 그래, 너는 엿보기 따위 말할 애가 아니야.

나는 아오가사키보다 훨씬 너를 호의적인 눈으로 보고 있어. 자식바보가 아니라 주인공바보다.

"코바야시. 마지막으로 남길 말은 없나."

"어, 어…… 이렇게 머리를 조아리고 있으니 팬티가 보일 것 같습니다."

"죽어!"

"주의했을 뿐인데──!"

결정타로 기절하기 전에 슬라이딩한다. 조역은 필요 이상으로 반응해야만 한다.

기절한 척만 할 작정이었지만 아오가사키는 진심이었다.

정수리에 두 번, 딱! 딱! 하고 충격이 전해지고 눈앞에 불꽃이 튀고 내 의식은 그곳에서 뚝 끊겼다.

그 직전에 류가와 눈이 맞았다. 그는 살짝 언짢은 듯이 나를 노려보았다.

내가 죄를 덮어씌우려 한 것을 화내는 걸까. 아니면 아오가사키의 브래지어를 본 것을 화내는 걸까.

걱정하지 마. 나는 그 모습을 시야에 거의 담지 않았어. 그런 실수는 하지 않아.

이봐 류가, 그러니까…… 아오가사키와 함께 때리는 건 그만해.

두 번째 때린 사람 너였지?

한 시간 정도 뒤.

눈을 뜨자 우리 집 침대 위였다.

아무래도 류가가 데려다준 모양이다. 아직 머리가 띵하게 울리지만 역시나 전투 숙련자들…… 능숙하게 급소를 피해 준 듯하다.

'마당의 화분에 열쇠를 숨겼다고 류가에게 알려 둔 건 옳은 일이었군.'

참고로 우리 집은 류가와 마찬가지로 부모님이 맞벌이라 잘 돌아오지 않는다.

그렇다고 해서 류가처럼 요리 같은 건 하지 못하고 할 마음도 없다. 점심이고 저녁이고 식사는 편의점으로 충분하다.

"후우. 오늘도 잘 일했군."

아무튼 침대에서 일어나 나는 그렇게 혼잣말을 했다.

몸을 내던질 만한 가치가 있는 에피소드였다. 유키미야

때는 솔직히 크게 실수할 뻔했지만 이번에는 꽤 괜찮은 결말이었다.

'류가 녀석, 즐거웠으려나. 나는 엄청 재미있었는데.'

멍청한 친구와의 일상 파트는 유쾌하고 즐거운 것이어야 한다. 본줄거리가 긴박한 이능 배틀이라면 더욱 그렇다.

그런 의미로는 나에게 부여된 사명은 무겁다. 도저히 다른 녀석에게는 맡기고 싶지 않다.

'류가는 지금쯤 뭘 하고 있을까……. 숙제할 여유도 없이 어딘가에서 이형의 존재와 싸우고 있을까.'

음, 여차할 때는 공부 정도 내가 가르쳐 주지. 자신을 위해서는 할 마음 따위 눈곱만큼도 안 들지만, 나는 주인공을 위해서라면 뭐든 서포트해 줄 자신이 있다.

……그러자 그때 내 휴대전화가 메시지를 수신했다.

확인해 보니 류가가 보낸 메시지였다.

'슬슬 일어났어? 두 가지 의미로 머리를 잘 식혀 둬! 그리고 숙제 있는 거 까먹지 말도록!'

역시 절묘한 지적을 하는 손이 별로 가지 않는 주인공이었다.

5

그 주의 금요일.

수업이 끝나고 히로인이 개입하지 않으면 류가와 함께

돌아가려고 하던 차에 작은 이벤트가 발생했다.

반 애들 몇 명이 "다 함께 노래방이라도 가자!"고 말한 것이다.

말을 꺼낸 사람은 사토. 사토의 목적은 히로인 후보 중 한 사람인 엘미라 매카트니다. 류가 앞에서 치근대는 괘씸한 남자지만 인기 있는 것도 히로인의 능력인가.

엘미라는 우리가 2학년이 된 지 얼마 안 있어 전학 온 동유럽 출신 외국인이다. 게다가 초 미소녀이니 남학생들이 가만 둘 리가 없다. 순식간에 반의 인기인이 되어 현재는 사설 팬클럽까지 있다고 한다. 단, 머리카락은 빨간색이다.

당연하지만 일본어는 통달했고, 문화적인 갭도 거의 없는 듯하다. 구불거리는 미디엄 롱헤어에 귀족 같은 정중한 말씨. 그런 반면에 무척 기분파이고 장난스러운 성격이다. 교복 차림도 약간 루즈하다.

흔히 말하는 '소악마 캐릭터'인가. 되풀이하지만 머리카락 색은 빨강이다.

"엘미라도 가자! 응, 괜찮지?"

"죄송하지만 저는 사양하겠어요. 사람이 많은 데 있으면 숨이 막혀요."

엘미라는 처음에 사토의 권유를 계속해서 쌀쌀맞게 거절했다.

하지만 그 끈질김에 져서 "그럼 류가도 간다면 함께하겠어요"라고 조건을 제시했다.

……한 자리에 있는 남자들의 권유를 제쳐 놓고 주인공을 고른다. 히로인으로서 모범적인 자세다. 과연 히로인 삼대장 중 한 사람이다.

여담이지만 삼대장이란 유키미야 시오리, 아오가사키 레이, 엘미라 매카트니를 말한다. 나는 류가를 손에 넣는 사람은 이중 한 명이라고 예상하고 있다. 그밖에도 소꿉친구 등이 있지만 대부분 소꿉친구 캐릭터와는 진지한 사이가 되지 못하는 법이다. 나도 멋대로 제외하고 있다.

"히노모리가 온다면 오케이인거지? 좋아 히노모리, 노래방 가자!"

"어? 아니, 나는……."

"부탁해! 사람을 돕는다고 생각하고!"

흐름에 휘말려 류가가 노래방에 가기로 했으므로 나도 그 자리에서 손을 들고 참가를 표명했다. 이 흐름에서 참가하지 않을 수는 없다.

"좋아! 여기서 한번 이 몸의 미성을 들려주마!"

"어, 너도 올 거야? 코바."

"당연하지! 엘미라가 간다면 나도 가야지!"

실제로 엘미라가 어떻든 관심 없다. 나는 특별히 노래방을 좋아하지도 않고 이번 달은 되도록 절약하고 싶다.

하지만 류가가 간다면 이야기는 달라진다.

학교 파트에서 히노모리 류가가 가는 곳, 반드시 코바야시 이치로도 있다. 이건 불문율이다.

뭐라 해도 나는 주인공의 친구이니까.

류가의 일상을 상징하는 존재니까.

그 뒤. 우리는 서둘러 역 앞 노래방으로 갔다.

멤버는 류가와 엘미라를 포함해 반 애들 열다섯 명. 내 역을 보면 남자가 열 명, 여자가 다섯 명이다. 인원이 많아서 홀 같은 큰 방으로 안내받았다.

"첫 곡은 누가 부를래?"

"그야 말을 꺼낸 사토지! 엘미라에게 러브송을 전하라고!"

"어이 코바, 먼저 입력하지 마! 다섯 곡이나! 전부 '라스트 크리스마스'잖아!"

……모두가 노래방에서 들뜬 가운데 류가는 노래하려고도 하지 않고 오로지 우롱차를 홀짝홀짝 마셨다.

류가는 결코 반에서 따로 노는 존재는 아니지만 중심인물도 아니다. 외모가 괜찮고 날마다 히로인들이 밀어닥치니까 눈에 띄기는 해도 기본적으로 나 말고 다른 반 애들과 이야기하는 일은 적다.

그걸로 됐다. 류가의 친구는 나 하나로 충분하다. 친구 캐릭터가 여러 명 있으면 역할이 분산되어 내가 나설 자리가 줄어들고 만다. 그보다 그 녀석에게 질투해 버릴 것이다.

"——류가. 당신은 부르지 않나요?"

시끌벅적한 다른 애들을 내버려 두고 엘미라가 자꾸만

류가에게 말을 건다.

재빨리 옆에 앉은 부분은 빈틈없는 히로인이다. 나 또한 재빨리 류가의 반대쪽 옆에 자리 잡았지만.

"아아, 나는 됐어. 별로 잘 부르지도 못하고."

"어머 유감. 저는 류가의 노래가 듣고 싶어서 왔는데."

아마도 류가는 다들 즐기는 것만으로 충분하겠지.

이 일상 풍경이야말로 류가가 지키고 있는 것이다. 지키고 싶은 것이다. 이형의 존재들에게 이 세계를 넘길 수는 없다. 이것을 위해서 나는 싸운다…… 그렇게 생각하고 있겠지. 이 얼마나 멋진 놈인가. 역시 나의 주인공이다.

그렇지만 가창에 약하다니 조금 걱정이다.

언젠가 류가에게도 캐릭터송이 생길지도 모른다. 자신의 캐릭터송은 직접 부르는 것이 보편적이다. 지나치게 음치면 전투 중에 노래가 흐를 때 실소를 사고 만다.

'다음부터는 가끔 노래방에 데려와 연습시켜야겠군.'

내가 그런 생각을 하고 있는데── 갑자기 류가가 일어났다.

나와 엘미라에게만 "잠깐 화장실 좀"이라고 말하고 그대로 방을 나가 버렸다. 다행히도 그것을 말리는 사람은 달리 없었다.

나는 바로 엘미라와의 아이컨택트를 시도했다.

어느 쪽이 류가를 따라갈까…… 그것을 결정하고 싶었다.

주인공이 자리를 비운다면 정식 무대는 그쪽이다. 이런

방에 용무는 없다. 사토의 러브송을 들을 때가 아니다.

일반적으로 생각하면 이런 상황에서는 엘미라가 따라가 야겠지. 하지만 정말로 화장실에 간 거라면 그녀는 안까지 들어갈 수 없다. 그렇다면 내가 적임이다.

내가 갈까? 내가 갈까? 어느 쪽? 그렇게 눈짓했지만 엘 미라는 의아한 표정을 지을 뿐이었다. 유키미야도 그렇지 만 어째서 너희는 이리도 눈치가 없는 거야.

"코바야시 이치로, 왜 그렇게 빤히 보죠."

"아, 아니."

"저에게 무슨 이상한 점이라도 있나요?"

머리카락이 빨갛다.

"하아…… 이럴 줄 알았으면 노래방을 오지 않았을 거예 요. 모처럼 혼잡을 틈타 류가의 피를 빨 수 있을 거라고 생 각했는데."

지금 들으면 안 되는 이야기를 들은 것 같다.

"류가도 참, 다른 사람 피를 빨지 않는 대신에 자신의 피 를 마셔도 된다고 했으면서…… 지금의 페이스로는 저는 힘을 낼 수——."

"나, 나도 화장실에 다녀올게!"

자신의 정체를 마구 떠벌리는 엘미라를 가로막고 나는 재빨리 방을 이탈했다. 이 여자, 무슨 얘기를 폭로하는 거 야! 상대를 고르라고! 나는 단순한 친구 캐릭터라고!

엘미라는 나에게 위험인물일지도 모른다. 엘미라 곁에 있으면 주제에 맞지 않는 정보를 입수해 버릴 가능성이 있다.

……괜찮아. 나는 아무것도 듣지 않았다.

그녀가 흡●귀라고는 꿈에도 생각하지 않는다.

결과적으로 류가는 화장실에 가지 않았다.

프런트 앞 로비에 있는 소파에 앉아 잠깐 쉬고 있는 참이었다. 저런 바보 같은 소란은 좋아하지 않을지도 모른다.

"여 류가, 왜 그래."

나는 옆에 앉아 방에서 가져온 물수건을 건넸다.

류가는 물수건으로 볼과 이마를 툭툭 닦고 잠시 뒤 혼잣말처럼 떠들었다.

"여럿이서 논 적이 별로 없어서…… 왠지 안정이 안 돼."

"음, 평소에는 류가랑 어울리는 녀석은 나뿐이니까."

"역시 나는 그편이 편해. 이치로랑 있을 때가 가장 안심이 돼."

"와하하. 그렇지 그렇지."

그야말로 친구 캐릭터의 숙원이라 할 만한 코멘트에 나는 덩실덩실 춤을 출 뻔했다. 그러나 동시에 조금 후회도 있었다.

역시 여기는 엘미라가 와야 했다. 시끌벅적한 노래방 룸에서 빠져나와 밀회하는 주인공과 히로인…… 그런 상황으로 만들어야 했다.

아마도 류가는 전투에 열중한 탓에 '흥을 내는 방법'을 잘 모르는 것이다.

그리고 그건 엘미라도 마찬가지…… 인간이 아닌 ●혈귀인 그녀 역시 평범한 생활 따위 인연이 없었을 것이다. 그렇게 정해져 있다.

두 사람은 서로 공감하고 한층 사이가 끈끈해진다——그런 전개가 베스트였다.

하지만 내가 와 버린 것도 어쩔 수 없다.

친구 캐릭터는 친구 캐릭터대로 이런 때의 역할이 있다. 그건 '언젠가 해야 한다'고 생각하면서도 여태껏 결심이 서지 않은 일이었다.

좋은 기회다. 이때를 빌어 완수해 두자. 친구로서 정해진 중요한 장면.

"이봐, 류가."

"응?"

"전부터 묻고 싶었는데 말이야."

"뭐야."

"너—— 나한테 뭔가 숨기고 있지 않아?"

그 순간 류가의 낯빛이 달라졌다.

깊이 파고든 질문은 다소 위험하지만 그것도 다 알고 물은 것이다. 평소에는 '멍청이에 에로'한 친구 캐릭터는 가끔 이런 예리한 일면을 보여야 한다.

"그, 그건."

류가가 대답을 못한다. 아마도 그는 '솔직히 이야기하면 이치로가 전투에 휘말려 버릴 수도 있다'고 생각하겠지.

물론 나도 솔직히 고백하면 곤란하다.

얼버무려 류가. 시치미를 떼, 류가. 너에게 히로인 이외의 상담 역할은 필요하지 않아.

"이치로, 저기 말이야."

류가가 그렇게 말했을 때다.

느닷없이 프런트에 있던 가게 직원이 털썩 쓰러졌다.

"!"

나와 류가는 동시에 일어났다. 상태를 확인하러 가려 했지만 또다른 이변을 깨달았다.

……가게 직원만이 아니다. 통로에서도 손님이 쓰러져 있다. 각 방에서 희미하게 새어 들리던 노랫소리도 전부 뚝 멈추었다.

나는 허둥지둥 가장 가까이에 있는 노래방 룸 문을 들여다보았다.

그곳에는 역시나 커플이 바닥에 쓰러져 있었다. 틀림없이 점원들과 똑같은 증상일 것이다.

"뭐, 뭐야 이거……."

"강력한 최면파로 혼수상태에 빠졌어."

내 중얼거림에 류가는 즉답했다. 서둘러 상황을 파악하고 피해자들을 빠르고 정확하게 편한 자세로 눕히는 동작이 익숙해 보였다.

……혹시 이건 그건가?

전투 파트로 돌입한 건가?

이번 노래방 이벤트는 그런 플롯인 건가. '주인공의 평온한 일상에 숨어드는 적의 마수'적인 에피소드였던 건가?!

언젠가 이런 전개도 있으리라 예측은 했었다. 그러나 막상 맞닥뜨리자 긴장으로 얼굴이 굳었다.

전투 파트란 나에게 적지이다. 예를 든다면 '평소에는 집에서 기세당당하던 고양이가 동물병원에 끌려간 심경'일까.

일상 파트라는 홈에서는 거리낌 없이 굴던 나도 이쪽에서는 어떤 식으로 일이 돌아가는지 알지 못한다.

'어쩔 줄 몰라 하는 코바야시 이치로! 하는 수밖에 없겠지!'

그렇다. 하는 수밖에 없다. 친구 캐릭터로서 있는 힘껏 당황하는 수밖에 없다.

그것이 이 장면에서 내 일이다. 나머지는 류가가 어떻게든 해 줄 거다!

"어어어어쩌지 류가! 겨겨겨경찰을 불러야 할까?!"

"침착해 이치로. 괜찮아, 피해자들의 목숨에 지장은 없어."

류가는 완전히 주인공 얼굴이 되어 빈틈없이 주변을 경계했다.

처음으로 가까이에서 본 전투 모드의 류가…… 위험하다. 멋지다. 반할 것 같다.

"게다가 이 상황은 경찰이 대처할 수 있는 게 아니야. 모두를 도울 수단은── 최면파를 내뿜는 장본인을 쓰러뜨리는 것이니까."

"자, 장본인? 그건…….."

나와 류가가 그런 이야기를 나누는데 엘미라가 달려왔다.

"류가! 방에 있던 모두가 쓰러졌어요!"

엘미라는 최면파에 당하지 않은 것 같다. 역시 류가의 동료 캐릭터다. 역시 흡혈●다.

"류가. 눈치채셨어요? 이 최면파를 내보내는 범인은 이곳 점장이에요."

"……역시 그런가. 다시 한 번 확인하고 싶어서 프런트에 와 봤는데."

"그 남자, 아무래도 기묘한 기척이 난다고 저도 생각했어요. '사도(使徒)'였던──거군요."

사도. 아무래도 그게 류가가 싸우는 상대인 듯하다.

이름으로 보아 아마도 사악한 신이나 마신, 파괴신을 숭배하는 사람들이겠지. 좀 평범한 것도 같지만 류가 자신이 흔한 주인공이니 비슷비슷한가.

엘미라가 비상계단을 가리키며 류가를 재촉한다.

"점장은 옥상으로 도망쳤어요. 류가, 쫓아가죠."

"그래. 이치로, 미안하지만 모두를 부탁해!"

그렇게 말하고 달려간 류가와 엘미라를 향해 나는 "어? 어이, 잠깐! 어디 가는 거야!"라고 대답한다.

실제로는 부탁받을 거라고 생각했다. 이것도 정해진 패

턴이라면 정해진 패턴이다.

괴사건 현장을 마주쳤을 때, 친구 캐릭터는 희생자를 보살펴달라는 부탁받는다. 때로는 "모두를 데리고 도망쳐!"라는 말을 듣는다. 이른바 배틀물이라면 꼭 있는 장면이다.

솔직히 말하면 무리한 요구도 정도껏 했으면 싶다. 일개 고등학생에게 이러지도 저러지도 못할 이런 상황을 어쩌라는 거야. 게다가 혼수의 원인은 사도의 마력이다.

그렇게 투덜거려도 소용없겠지. 주인공에게 부탁받은 이상 최선을 다할 뿐이다.

'류가가 적을 쓰러뜨리면 모두 눈을 뜰 거야. 아무튼 바닥에서 소파로 옮겨 둘까.'

나는 가게 안을 돌아다니며 잠든 사람을 소파에 눕혔다.

불행 중 다행이라고 해야 할까. 가게 직원도 손님도 별로 없었던 덕분에 작업은 이십 분 정도로 종료했다. 참고로 화장실에 진짜 점장이 쓰러져 있었다.

이제 류가와 엘미라의 귀환을 기다릴 뿐…… 언제가 될지 모르니까 나는 우선 우리 방으로 돌아가기로 했다.

대략 십 분 뒤. 내가 세 번째 '라스트 크리스마스'를 부를 때.

드디어 류가와 엘미라가 돌아왔다.

동시에 잠들었던 반 애들이 잇따라 일어났다. 아무래도 무사히 사도를 쓰러뜨린 모양이다.

"야 류가, 어디 갔던 거야! 걱정했잖아!"

"아아, 미안…… 잠깐 다른 층 확인을…….'"

류가의 낯빛이 이상하게 나쁘다. 어쩐지 걸음도 휘청휘청 불안하다. 그렇게 고전한 걸까?

아니, 엘미라는 도리어 피부에 생기가 돈다. 피폐해지기는커녕 전투 전보다 기운이 넘치는 것 같다. 무슨 일이 있던 거야.

"후후. 류가, 잘 먹었습니다."

……아아, 빨렸나.

아니, 뭘 빨렸는지는 모르겠지만. 도통 모르겠지만.

"역시 류가의 피는 맛있네요. 향기 좋은 와인 같은…… 저, 중독됐어요."

엘미라 매카트니. 그녀는 대체 누구인가.

뭔파이어인 건가.

6

노래방 사건이 있고 나서 내 안에서 약간의 의식 변화가 생겼다.

그건 '류가의 전투 장면을 봐 두고 싶다'는 바람이었다.

앞으로도 친구 캐릭터로 완벽하게 임무를 해내기 위해 역시 류가&히로인들의 능력, 그리고 대강의 이야기 흐름 정도는 파악해 두는 편이 좋지 않을까? 하고 생각한 것이다.

'엘미라에게 스포일러를 당할 뻔했을 때는 당황했지만 슬쩍 나만 알아 두는 데에는 스토리에 지장도 없을 것이다.'

갖가지 정보를 파악해 두면 앞으로 나도 모르게 메인 스토리에 관여할 실수를 저지를 일도 없겠지. 지식을 활용해 미연에 떠보는 걸 회피할 수 있게 되겠지.

게다가 일상파트는 때로 전투파트와 밀접하게 연동하기도 한다.

지금 어떤 적과 싸우는지 알고 있으면 내 농담이 그 녀석을 쓰러뜨릴 힌트가 되기도 한다. 메인 스토리 상황을 아는 것으로 더욱 효과적인 행동이 가능해진다.

어떤 단역이라 할지라도 각본을 전부 읽고 드라마에 임해야 한다.

지금의 포지션에는 만족하지만 향상심을 잃어서는 안된다.

코바야시 이치로라는 친구 캐릭터도—— 끊임없이 스텝 업해야 한다.

그런 이유로 나는 이따금 전투를 뒤에서 관전하게 되었다.

류가가 교실을 빠져나가는 패턴일 때를 노린다.

학교 밖이나 심야의 돌발적인 전투는 어쩔 수 없으므로 포기하기로 했다. 뭐, 너무 자주 들여다보는 것도 위험할 테고.

'아무래도 류가의 동료 캐릭터는 히로인 삼대장뿐인 것 같군.'

지난번 노래방 같은 경우도 있지만 류가는 기본적으로 네 명 파티로 전투에 임하고 있었다.

즉 히노모리 류가. 그리고 유키미야 시오리. 아오가사키 레이. 엘미라 매카트니다.

역시 메인 히로인에 가장 가까운 사람은 그녀들 세 사람이겠지. 류가는 초식 계열이라 고생하겠지만 굴하지 말고 힘내 주기를 바란다. 19금이 되지 않을 정도로.

"구어오오오오오오!"

해 질 녘의 하천부지에서 불곰과 흡사한 이형 괴물이 포효했다.

거구답지 않은 속도로 전방에 가로막고 선 네 명의 고등학생에게 맹렬히 돌진한다. 그러나 그 거리가 앞으로 몇 미터 남았을 때.

딸랑, 딸랑, 딸랑.

맑은 방울 소리가 인기척 없는 하천부지에 울려 퍼졌다.

"동풍이 얼음을 녹이고, 휘파람새 노래하고, 깨진 얼음 사이로 물고기가 뛰어오르노라."

이어서 소녀의 당당한 노랫소리가 울리자, 이형 괴물의 움직임이 눈에 띄게 둔해진다. 억지로 전진하려 하지만 내딛는 팔다리는 마치 슬로모션 같았다.

"비가 내려 땅이 질고, 안개가 자욱해지고, 초목이 싹트기 시작하노라……. 지금입니다 여러분! 다쳤다면 무리하지 말고 바로 제 곁으로 오세요!"

──유키미야 시오리. '축명(祝命)의 무녀'.

그녀는 이른바 힐러다. 자신과 타인의 부상을 손으로 만져서 치유할 수 있다.

그 특성 때문인지 전투에서는 오로지 서포트만 하고 있다. 전용 아이템인 '카구라스즈(神楽鈴 무녀가 제례에 쓰는 당방울)'를 울려서 저렇게 사도의 움직임을 둔화시킬 수 있는 듯하다.

'저 주문, 검색해 보니 칠십이후(七十二候)라는 것 같더군……. 일 년의 기후 변화를 나타낸 대륙에서 온 달력의 일종이라던가.'

틈을 주지 않고 움직임을 봉한 이형 괴물을 향해 하나의 그림자가 달렸다.

"패(覇)!"

번개처럼 번뜩이는 목도가 순식간에 이형 괴물의 왼손을 잘라 버린다.

예리한 발톱이 달린 손바닥이 피를 뿜으며 공중에 날아올랐다가 그대로 바닥에 철퍼덕 떨어졌다. 얼마 안 있어 질척질척하게 녹아내리더니 이윽고 증발해 버렸다.

"그갸아아아―!"

"단순한 목도라고 생각하지 마! 내 능력으로 강화된 검날에 베지 못할 것은 없다!"

——아오가사키 레이. '참무(斬舞)의 검사'.

그녀는 도신에 진공을 둘러 어떤 것이든 가를 수 있다.

전용 아이템인 '어신(御神)목도'를 휘둘러 솔선해서 적을 향해 돌격하는 순수한 전투 요원이다. 단순히 전투력만 본다면 류가에 다음 가는 넘버2인가.

'그리고 보니 훔쳐봤을 때도 아오가사키가 던진 목도는 나무에 박혔지…… 어신목으로 만든 만큼 목도 자체의 강도도 급이 다른 듯하다. 던지는 건 좀 그렇다고 생각하지만.'

다시 아오가사키가 춤추듯이 선회해 두 번째 공격을 펼치려던 찰나.

이형 괴물이 온몸의 체모를 단단하게 만들어 털바늘 산탄을 난사했다.

"그하하하하! 멍청한 놈! 이 거리에서는 피하지 못——."

뜻밖에 유창한 사람 말을 이형 괴물이 마치기도 전에.

사출된 무수한 체모가 일제히 불타올랐다. 갑작스럽게 날아든 도깨비불 무리가 털바늘을 모조리 불태운 것이다.

"저도 있답니다, 곰 닮은 사도님."

——엘미라 매카트니. '상암(常闇)의 혈족'.

이제 귀찮아져서 까놓고 말하지만 그녀는 뱀파이어다. 혈액을 불꽃으로 바꾸어 자유자재로 다룰 수 있는 중거리 공격 타입이다.

자신의 피만으로도 에너지원을 조달할 수 있지만 흡혈로 보급하는 편이 더욱 효율적이라고 한다. 그래서 그녀는 피를 원한다. 그중에서도 류가의 피는 무척 맛있다는 것 같다.

'엘미라는 당초 【용신】이 깃든 류가를 위험하게 보고 말살하기 위해 학교로 잠입했다고 했던가. 그 뒤에는 화해하고 동료가 되어 틈만 있으면 류가의 피를 빨려는 소악마 캐릭터를 확립했다……. 아무도 듣지 않는다고 생각하고 너무 떠벌리더라고.'

마침내 불길이 적 본체에도 붙어 이형 괴물은 불덩이가 되었다.

"갸, 갸아아아아아아—!"

견디지 못하고 몸을 돌려 느려진 걸음으로 강으로 향하는 불곰형 사도. 물에 뛰어들어 불을 끌 작정이겠지.

그것을 본 히로인 삼대장이 즉시 한목소리로 외친다.

"부탁합니다 히노모리 군!"

"출격해 류가!"

"화려하게 끝내세요, 류가."

그녀들의 외침을 기다리지 않고 마지막 출연자는 이미 달리고 있었다.

눈에도 들어오지 않는 속도로 질주해 터무니없이 높이 뛰어오른다. 그 몸은 황금빛 오라로 감싸여 있고, 등 뒤에는 이전에 본 용의 형태가 모습을 드러냈다.

"신위(神威) 해방── 【용신】이여, 내 몸과 일체 되어 적을 잠재워라!"

다음 순간, 금색 혜성이 이형 괴물 머리 위에 떨어졌다.

울려 퍼지는 폭음. 떨리는 대기. 덤으로 머리 위 구름까지 빙글빙글 소용돌이쳤다. 엄청난 박력의 이펙트다.

'오오…… 언제 봐도 굉장해!'

──마지막으로 히노모리 류가. '용신의 계승자'.

한마디로 설명하면 이 녀석은 뭐든 할 수 있다.

불길도 뿜고 진공도 두르고 다소나마 치유도 할 수 있다. '그냥 너 혼자 해도 되잖아' 싶게 무적이다.

그중에서도 특필할 만한 건 자신을 광탄으로 바꾼 폭격…… 통칭 '드래곤 팡(내가 지음)'. 이건 정말로 무조건 설득력이 있는 일격 필살 끝내기 기술이다.

그러나 내가 조사한 바로는 류가는 아직 완전히 자유자재로 【용신】의 힘을 쓰지는 못하고 있다. 그러니까 이전에도 도리어 그 힘에 삼켜질 뻔했던 것이리라. 그래도 충분히 강하지만.

"수고하셨어요, 히노모리 군."

"오늘은 육 푼의 해방률인가. 잘 제어했군, 류가."

"흥, 제가 시간 벌기 역이라뇨……."

착지해 오라를 해제한 류가 주변에 히로인들이 달려간다. 저마다 격려하는 말을 한다.

격려를 들은 류가는 "다들 고마워"라며 산뜻하게 웃었다.

"아, 히노모리 군, 손등에서 피가…… 바로 치유할게요."

"잠깐만 시오리. 그 정도 상처에 이능력을 쓰지 마. 자, 류가, 내가 붕대를 감아 주지."

"기다리세요. 제가 핥아 드리죠."

전투 후, 잠시 사랑싸움으로 티격태격하는 류가와 히로인들.

……참고로 불곰 같은 사도는 흔적도 없이 사라졌다.

유료 주차장에서 쓰러뜨린 사도처럼 질척거리는 고형물조차 남지 않았다. 육 푼의 해방률인데 엄청난 오버킬이다.

'역시 류가는 멋있어.'

어디에 내놓아도 부끄럽지 않은 훌륭한 주인공이다. 다음에 교실에서 만났을 때, 존댓말을 써 버릴 것 같다. 류가가 있는 한 이 세계는 분명히 걱정 없다.

싸워라, 류가. 지지 마, 류가.

희망이 넘치는 우리의 세계를 부디 지켜 줘. 세 명의 히로인과 함께.

몇 번인가 전투 파트를 구경한 수확은 상당히 컸다.

이것으로 메인 캐릭터들 능력은 대강 알아냈다. 한편으로 적의 대강의 컨셉도 알 수 있었다.

그들은 '나락의 사도'라는 이계의 주민인 듯하다.

수백 년 전, 이 세계와의 문이 열린 것으로 침공을 개시했지만 전투에 져서 문은 봉인되었다. 그러나 최근 이 동네 어딘가에 시공의 뒤틀림이 생겨 몇몇 사도가 다시 습격했다고 한다.

짐승 같은 놈이며 어류 같은 놈, 곤충 같은 놈, 모습은 가지각색이다. 인간 모습으로 둔갑할 수도 있는 것 같다.

참고로 '나락의 사도'들은 이 세계에 잠들어 버린 그들의 왕·【마신】의 부활을 기도하고 있다.

다시 말해 그 【마신】이—— 이 스토리의 최종 보스겠지.

순리대로 생각하면 【마신】은 이야기 종반쯤에 부활할 가능성이 크다. 그리고 도시를, 학교를, 그러는 김에 우리 집을 닥치는 대로 파괴할 것이다.

아직 대출이 몇십 년이나 남아 있으니 아버지는 울겠지만 그 점은 참아 주기를 바란다.

이 세계에서 류가의 사정보다 우선될 것 따위 없으니까.

'수백 년 전에 세계를 구한 것도 분명히 류가의 선조겠지. 어쩌면 히로인들의 선조도 있었을지도 몰라.'

류가에 깃든 【용신】은 히노모리 가문 대대로 전해진 수호신이라고 언젠가 몰래 들었다.

다시 말해 류가는 태어난 시점에서 '특별'했던 거다.

그리고 마침 그가 【용신】을 계승한 시대에 사도가 다시 나타난 거니까 '히노모리 가문 안에서도 특별'하다고 할 수 있다.

엄청난 주인공력이다. 역시 류가는 뭔가 가지고 있는 거다.

……참고로 만약 최종 보스에게 집이 파괴되어 개축해

야 할 경우. 우리 코바야시 집안에도 대출금이 대대로 전해지리라 예상된다.

그런 비극이 일어나지 않기 위해서라도 열심히 류가를 떠받쳐야 한다.

아무튼 이것으로 개요는 대충 파악했다.

아직 분명하지 않은 부분은 많지만 조사는 일단 이쯤에서 중단하자.

뭐라 해도 류가도 적도 배틀의 프로다. 여태껏 내가 들키지 않은 게 기적에 가깝다. 생각해 보면 상당히 위험한 시도였다.

'이만한 정보를 얻었으면 앞으로 실수할 일도 없겠지. 내일부터 다시 태평하고 야한 걸 좋아하는 친구 캐릭터에 전념하자.'

하지만 어느 날…… 조사를 중단하려던 정말 마지막에.

나는 실수를 저지르고 말았다.

말하자마자 거하게 저지르고 말았다.

──전투를 훔쳐보다 류가에게 들킨 거다.

제2장 새로운 히로인 등장

1

그날 류가 일행의 전장은 인기척 없는 해 질 녘 공원이었다.

적은 기구처럼 거대하고 문어를 닮은 세 눈 박이 사도. 신통하게도 촉수 같은 팔로 유키미야를 포박한 것까지는 좋았지만 야한 짓을 할 틈도 없이 류가에게 말 그대로 비 오는 날 먼지 나도록 맞았다.

'우왓! 멋있다 류가! 하지만 좀 더 상황을 살피는 편이 좋았던 거 아닌가? 지금 그건 어떤 의미로 유키미야가 어필할 장면이었던 건……'

그때 나는 그런 생각을 하고 있었다.

긴장이 풀렸는지도 모른다. 경계심이 마비되었는지도 모른다. 어찌 되었든 전투 현장에서 십 미터쯤 거리는 너무 가까웠다.

내가 몸을 숨긴 곳은 석상 동물 오브제. 공원에 흔히 있는 가끔 이상한 색으로 칠한 그거였다. 내가 숨은 판다도 어째서인지 노란색으로 칠해 놓았다.

그게 문제였다.

내가 입은 교복은 노란 판다와 색이 너무 달랐다.

소멸해 가는 사도를 지켜볼 것 없이 류가가 발길을 획

돌린 순간——.

나와 류가의 시선이 정면으로 마주치는 결과가 되었다.

"아."

"아."

우리의 목소리가 겹친다. 동시에 서로 굳는다.

시치미를 떼기는 불가능했다. 지금도 류가와 눈이 딱 마주친 상태다. 게다가 사라져가는 적의 세 눈과도 시선이 딱 맞고 말았다.

"이, 이치로……?"

류가가 이름을 불러서 나는 체념했다.

쭈뼛쭈뼛 일어나 판다 뒤에서 모습을 드러낸다. 그런 나를 보고 히로인들도 작게 숨을 삼키는 게 보였다.

"코, 코바야시 님?"

"코바야시, 너……."

"코바야시 이치로, 설마 보고 있었어요?"

나는 잇따라 그런 소리를 듣고 나자 불량배에게 시비가 붙은 초등학생처럼 움츠러들고 말았다.

……난리 났다.

애써 오늘까지 쌓아 온 친구 포지션이 와르르 무너지는 심경이었다.

부주의한 자신이 원망스럽다. 어째서 더 신중하지 못했나! 어째서 지난번 관전으로 그만두지 않았나! 어째서 판다를 노랗게 칠했나!

네 사람이 나에게 다가온다. 이능력자들에게 둘러싸인 무능력자라는 웃을 수 없는 구도다.

우두커니 서 있는 내 귀에 이윽고 류가의 당황한 목소리가 들렸다.

"이치로, 너 언제부터 거기에……."

솔직히 말해야 할까.

최근에 계속 지켜보고 있었다고. 필기까지 했습니다, 라고.

아니, 그건 악수다. 그런 자백을 했다가는 나는 수수께끼 존재가 되어 버린다. 그보다 적과 한편 같은 느낌이 되어 버린다.

탈의실의 아오가사키를 훔쳐본 것과는 차원이 다르다. 이건 절대로 들켜서는 안 되는 훔쳐보기였다. 히로인의 브래지어보다 봐서는 안 될 것이었으니까.

'각오하는 수밖에 없어.'

진퇴양난 속에서 나는 최종 수단으로 밀고 나가기로 했다.

이걸 하면 최악의 경우 지금까지와 포지션이 달라질 우려가 있다. 그러나 대업을 위해 자잘한 일은 돌볼 겨를이 없다. 나는 류가의 친구 캐릭터로 있고 싶다. 그렇다면 하는 수밖에 없다!

"──류가."

다음 순간. 나는 낯빛이 달라져 도리어 류가에게 따졌다.

"어이 류가! 지금 그거 뭐야!"

"어……."

"우연히 지나가는 길이었는데, 왜 괴물이랑 싸우는 거야! 너 왜 온몸이 황금빛으로 빛나는 거야!"

"그, 그건, 그……."

"마침 집에 가던 길에 공원 쪽이 소란스러워서 우연히 와 보니까, 조금 전 괴물은 뭐냐고!"

나는 억지 해명을 섞으며 맹렬히 따져 묻는다.

류가의 페이스에 끌려갈쏘냐. 어떻게든 내 위치를 납득시키겠다.

"앗! 알았어! 이거 영화 촬영 같은 거지? 아까 사라진 괴물도 장치가 있는 거지? 야~, 요새 기술은 대단하구나."

"…………."

"그렇구나. 네 사람은 연기자 동료였던 거야? 그래서 학교에서도 이상하게 친했던 거로군. 뭐야 그랬어."

상당히 구차한 해석인 건 알고도 남는다. 하지만 달리 떠오르지 않았다.

'여기서 긍정해 주면 베스트다. 내가 태평한 놈인 건 알고 있을 터!'

부탁한다. 제발. 이 사기의 흐름에 동참해 줘.

일상 파트 더 힘낼게! 그 자리를 감당할 사람은 나밖에 없어! 사토로는 무리야!

"히노모리 군, 어쩌죠……."

유키미야가 난처한 듯이 류가에게 의견을 구했다.

"나는 류가의 의사에 맡긴다. 우리에 대한 것도 포함해 이야기하든 이야기하지 않든 네 마음에 달렸어."

아오가사키는 류가에게 일임할 생각 같다.

"저는 어느 쪽이든 상관없어요. 애초에 숨길 마음도 없었어요."

엘미라가 흐트러진 머리카락(빨간색)을 만지작거리며 말한다. 이 녀석은 역시 위험인물이다.

……약간 위험한 흐름이지만 류가의 마음 하나에 달렸다.

우리가 마른침을 삼키고 주목하는 가운데, 마침내 류가는 깊은 한숨을 내쉬고 나를 똑바로 응시했다.

"──이치로에게 진실을 이야기할게."

말하지 않아도 되는데!

"이치로는 내 친구니까. 다들 그래도 될까."

누군가 반대해! 불만을 제기해!

"그러네요. 저도 코바야시 님께는 은혜가 있으니……."

유키미야! 은혜를 원수로 갚지 마! 게다가 은혜라니, 류가에 대해 살짝 귀띔해줬을 뿐이잖아!

"그렇군. 사도를 보고 만 이상 코바야시에게도 위험이 미칠 가능성이 있어. 상황을 제대로 파악해 두는 편이 좋을 수도 있어."

아오가사키! 나를 죽이려던 녀석이 그런 소리 하지 마! 사정은 내가 멋대로 파악할 테니까!

"그보다 저는 빨리 돌아가고 싶어요."

흡혈귀! 너는 이제 입 다물고 있어!

"⋯⋯다들 고마워."

히로인들의 의견을 듣고 류가가 생긋 미소 지었다.

틀렸어. 결심해 버린 듯하다.

"이치로는 나에게 맡겨 주겠어? 그럼 이치로, 잠깐 시간 좀 내줄래? 하고 싶은 이야기가 있어."

그 후. 히로인들과 헤어지고 나서.

나는 류가에게 갖가지 사실에 대해 설명을 듣는 처지가 되었다.

──사실 우리는 이능력을 가졌어.

──그 힘으로 '나락의 사도'라는 인류의 적과 싸우고 있어.

──우리 집에는 대대로 【용신】이라는 수호신이 전해져 내려오는데.

──세 사람은 같이 싸우는 동료로⋯⋯.

류가가 말한 대부분의 비밀은 이미 내가 아는 사실이었다.

그렇다고 '알고 있습니다'라고 고백할 수도 없는 노릇이라 하는 수 없이 나는 일일이 놀라고 당황하고 넋이 나간 듯한 반응을 해야 했다.

"이치로에게 이야기할 수 있어서 오히려 잘됐는지도 몰라. 너에게 숨기는 게 줄곧 마음이 편치 않고 괴로웠으니까."

마지막에 그렇게 말하며 구김살 없이 웃는 류가를 보고

나도 각오했다. 처음부터 내 자업자득이다. 류가에게는 아무런 죄도 없다.

……이렇게 된 이상 '아무것도 모르는 태평한 친구 캐릭터'는 은퇴하자.

오늘부터는 '류가의 비밀을 알고 응원·협력하는 친구 캐릭터'로 노선을 변경하자.

괜찮아. 이런 종류의 친구 캐릭터는 많다.

역할에 '류가의 몸을 걱정한다', '아무 힘도 되지 못하는 자신을 원망한다'는 노르마가 추가되는 정도이다.

마이너 체인지로 끝난 것만으로 기뻐해야겠지. 메인 스토리에 얽히는 사태는 늘어날지도 모르지만, 이능력이 없는 일반 학생인 나에게 류가가 무모한 일을 강요할 리가 없다.

앞으로는 더는 쓸데없는 행동은 삼가자.

스텝업 따위 엿이나 먹어라.

2

류가의 사정을 알아 버리는 바람에 이튿날부터 내 입장은 조금 달라졌다.

그렇다 해도 멍청한 이야기나 여자 데이터 보고 등은 지금까지와 마찬가지다. 거기에 '류가에 대한 배려'가 추가되었을 뿐이다.

"그건 그렇고…… 지금도 아직 믿기지 않아. 너희가 이 능력자였다니."

쉬는 시간. 나는 평소처럼 음담패설을 떠들고는 류가에게 그런 말을 던졌다.

되도록 언급하고 싶지 않았지만 일부러 '그쪽' 화제를 피하는 것도 부자연스럽다. 그래서 수업 종이 치기 직전 같을 때 되도록 심각한 분위기가 되지 않도록 살짝 언급할 예정이었다.

물론 다른 애들에게 들리지 않도록 주위에 대한 경계는 늦추지 않는다.

목소리 톤도 상당히 떨어뜨린다. 절대로 복식호흡으로 떠들어서는 안 된다.

"너는 뒤에서 엄청난 일을 하고 있었구나. 전혀 몰랐어."

"힘들기는 하지만 이것도 사명이니까…… 나에게는 믿을 수 있는 동료도 있고 걱정 없어."

"야 류가, 내가 할 수 있는 일도 있을까?"

"그 마음만 받아 둘게. '나락의 사도'는 평범한 사람이 도저히 맞설 상대가 아니야. 만약 사도가 나타난다면 너는 머뭇거리지 말고 도망쳐."

창가 맨 마지막 줄. 평소의 자기 자리에 앉은 채 류가가 믿음직스럽게 미소 짓는다. 류가는 무슨 영문인지 아무리 자리를 바꾸어도 이 자리가 걸렸다.

역시 이 녀석은 주인공의 귀감이다.

각자의 포지션을 제대로 이해하고 있다. 나를 억지로 메인 스토리로 끌어내려 하지 않고 배려해 준다.

'배려해주려고 했는데, 배려를 받고 말았어. 아아, 정말 큰 실수를 저질렀어.'

……문득 시선을 옮기자 떨어진 자리에서 엘미라가 숙면하고 있다.

오늘도 진홍색 머리카락이 선명하다. 순간 책상이 불타고 있나 했다.

"그건 그렇고, 이치로."

그런 엘미라를 내버려 두고 류가의 표정이 갑자기 그늘졌다.

"나…… 아직 너에게 말하지 않은 게 있어."

"말하지 않은 건 말할 수 없는 일이지? 그러면 억지로 묻지 않을게."

"…………."

"아무리 태평한 나라도 류가가 짊어진 것의 무게는 아니까. 네가 털어놓고 싶을 때까지 말할 필요는 없어."

"……응. 고맙다, 이치로."

여기서 '뭐야 싱겁게! 말해! 말해 줘!'라고 닦달할 만큼 나는 어리석지 않다. 류가가 일선을 그어 주었으니까 흔쾌히 받아들이겠다.

지금보다 깊은 스토리 개입은 절대로 하지 않겠다. 이제 질렸다. 모처럼 아슬아슬하게 친구 캐릭터를 지켰는데 그걸 헛되이 하고 싶지 않다.

이 포지션은 내 천직이다. 애착도 있다.

그야 눈에 띄고 싶지 않은 것은 아니지만 나 같은 놈이 메인 캐릭터에 들어가도 스토리에 메리트 따위 없다.

나는 실수로라도 '등장인물 소개란'에 실릴 만한 인물이 아니다.

그로부터 일주일이나 평화로운 나날(나에게는)이 이어지자 나는 지금의 역할에도 완전히 익숙해졌다.

도리어 '이것으로 만사 오케이 아니야?'라는 생각마저 하게 되었다.

당연하지만 이제 전투를 구경하러 가지 않는다. 하지만 메인 스토리의 흐름을 전혀 모르는 것도 아니었다.

왜냐하면 나는 류가 본인에게 '지금의 진행 상황'을 당당히 물을 입장이 되었기 때문이다.

"류가, 요새는 어때? 위험한 사도는 나타나지 않았어?"

"괜찮아. 적도 조금씩 강해지지만 질 만한 짓은 하지 않아."

"요전번의 '여자만 혼이 빠져나가는 사건'은 어떻게 됐어?"

"아아, 마가무(魔餓無)라는 사도. 그 녀석은 사흘 전에 쓰러뜨렸어. 시오리와 레이가 자신이 미끼가 되겠다고 고집을 부려서."

"그 뒤에 닭살 행각은 잘 벌였어? 히로인들이 서로 질투하고 너를 두고 싸웠어?"

"어? 아니, 별로…… 히로인들?"

이런 식으로 나는 에피소드를 손쉽게 들었다. 놓친 방송을 간추려서 듣는 것처럼 손쉬운 일이었다.

'언젠가 또 내가 전투 파트를 마주할 일도 있을까.'

물론 류가는 손쉽게 나를 전투에 휘말리게 할 녀석이 아니다. 하지만 노래방 때처럼 '우발적으로 사도가 나타나는' 케이스는 생각할 수 있다.

그랬을 때 내가 무얼 할 수 있을까? 또 당황하는 것만으로 좋은가? 이제는 사정을 아는 친구 캐릭터인데 희생자를 돌보는 것만으로 좋은 건가?

전투에는 참여하지 않으면서 방해되지 않는 범위에서 일반인이 할 수 있는 일. 그것을 모색해 둘 필요가 있을 것 같다.

이를테면── 전투 실황 담당 같은 건 어떨까.

"뭐, 뭐야 저 적은! 잠깐 반투명해졌나 했더니 류가의 공격이 통과해 버렸다?!" 라든가,

"앗! 류가가 온몸에 불길을 두르고, 동시에 진공을 두른 채 하늘 높이 도약했다아?!"라든가,

"아, 알고 있는 건가 엘미라! 저 사도의 능력을!"……같은 방식으로.

'아니, 안 돼. 그런 포지션을 확립하면 나는 전투가 일어날 때마다 그 자리에 있어야 한다. 그렇게까지 주제넘게 나서면 안 돼.'

내가 활약할 곳은 어디까지나 일상 파트다.

지금의 위치라면 여태껏 불가능했던 일도 할 수 있다. 그쪽에서 힘내는 거야.

이를테면—— 좌절하려 하는 류가를 내가 격려하는 에피소드는 없을까.

"바보 자식! 네가 그러면 어떻게 해!"라든가,

"이 세상은 네 어깨에 걸려 있어! 너는 인류의, 아니, 살아 있는 모든 생명의 희망이라고!"라든가,

"나도 너희와 함께 싸우고 싶어! 하지만 무리라고! 나에게는 힘 따위 없으니까…… 제길…… 제길…… 이봐 류가, 엘미라의 죽음을 헛되이 하지 마!"……같은 방식으로.

응. 이건 제법 괜찮은 역할이다. 내 인기도 폭등할 것이다.

"이번에는 코바야시가 멋있었어.", "좀 감동했어.", "코바야시, 좀 더 출연이 늘지 않으려나."……그런 목소리가 들리는 것 같다. 반드시 그 타이밍에 캐릭터 인기투표를 해 주기 바란다.

내 망상을 개의치 않고 엘미라는 여전히 자기 자리에서 새근새근 자고 있다.

류가의 말로는 그녀는 아침에 약한 듯하다. 뱀파이어이

기 때문이 아니라 저혈압이기 때문이라고 한다.

　편히 잠들기를, 엘미라.

　잠든 얼굴 사진 찍는 거 아니야, 사토.

　그러나 내가 류가를 질타할 기회는 아무리 기다려도 좀처럼 찾아오지 않았다.

　아무래도 문제없이 '나락의 사도'를 쓰러뜨리고 있는 듯하다. 히로인들이 다소의 고전을 하는 일은 있어도 류가가 등장하면 대부분 해결되어 버리는 것 같다.

　"있지, 류가. 위험한 사도는 나타나지 않았어? 좌절할 뻔하지는 않았어?"

　"아니, 순조로워."

　"전투로 심신이 지치거나 하지 않았어? 자기 숙명을 저주하거나 하지 않아?"

　"괜찮아, 괜찮아. 걱정해 줘서 고맙다."

　"엘미라는 전사하지 않았어?"

　"엘이라면 자리에서 자고 있잖아."

　……이미 알고 있었지만 류가는 그거다. 이른바 '천하무적 계열' 주인공이다.

　그게 나쁘다고 하지는 않겠지만 주인공이 일방적으로 강하기만 해서는 전투의 흥이 부족해지고 만다. '나락의 사도' 여러분께서 좀 더 분발하기를 바란다.

　"그건 그렇고 이치로는 내 정체를 알아도 지금까지랑 마찬가지로 대하는구나. 솔직히 거리를 두려나…… 생각했는데."

"그럴 리가 없잖아. 나는 무슨 일이 있어도 네 친구야. 류가의 편이야."

그 마음에 거짓은 없다. '나락의 사도'에 막 응원을 보낸 참이지만.

그러나 내 말에 류가의 얼굴은 여전히 울적해 보였다. 복잡한 표정으로 책상을 응시하며 "무슨 일이 있어도 친구라고……"라며 곱씹는다.

류가에게는 아직 내가 상상도 못 할 깜짝 놀랄 설정이 있는지도 모른다.

하지만 굳이 설정을 알고 싶은 마음은 없다.

내 역할은 류가의 일상 파트를 즐겁고 떠들썩하게 하는 것. 때로 신변을 걱정하면서도 기본적으로는 까불거리고 익살스럽게 행동할 것.

언젠가 류가에게는 【마신】의 부활이라는 커다란 위기가 찾아올 것이다. 새로운 히로인도 등장할지도 모른다.

파란에 가득 찬 그런 주인공의 나날을 나는 일상 측면에서 조용히, 명랑하고 안전하게 서포트하는 거다. 두 번 다시 실수는 저지르지 않는다.

"윽, 크……!"

갑자기 류가가 가슴을 누르며 괴로워했다. 【용신】님이다.

이전까지는 나도 태평하게 행동했지만 지금은 그럴 수

도 없다. 진심으로 걱정한다는, 본디 당연한 반응을 할 자격과 의무를 얻었다.

"어, 어이 류가! 괜찮아?"

"큭, 진정해…… 이……!"

"들었나! 진정하라잖아, 【용신】! 류가에게 민폐 끼치지 마!"

내 클레임은 관계없겠지만 곧 【용신】은 폭주를 멈추어 주었다.

류가는 땀범벅으로 녹초가 되어 있다. 이 발작(?)은 일주일에 한 번 정도 간격으로 일어나는 듯하다. 앞으로는 요일과 시간을 메모해 두자.

'그러나 여전히 히로인들은 달려오지 않는군……. 엘미라는 바로 저기에 있으면서.'

불만스럽게 엘미라를 보니 그녀는 역시 쿨쿨 숙면하고 있었다. 안대를 차고 침까지 흘렸다.

너, 히로인의 범위를 얼마나 우습게 보는 거야.

3

그로부터 며칠이 지났을 때. 한 가지 신경 쓰이는 사안이 발생했다.

류가가 어쩐지―― 나를 서먹해했다.

태도 자체는 이전과 그다지 다르지 않다. 하지만 이야기를 나누고 있어도 내 눈을 보려고 하지 않고 쉬는 시간에는 어딘가로 사라져 버리고, 함께 하교하는 빈도도 줄어들었다. 여자의 스리 사이즈를 알려주려고 할 때는 "그건 이제 됐어"라고 거부했다.

'류가 녀석, 대체 어떻게 된 거야. 거리를 두고 있는 쪽은 너잖아.'

······설마 진짜 히로인이 결정된 걸까? 그 애랑 사귀게 된 걸까?

아니, 그런 거면 그래도 괜찮다.

내가 우려해야 할 부분은 '다른 친구 캐릭터'가 나타났을 가능성이다.

만약 그러면 나에게 사활이 걸린 문제다. 그놈이 나보다 재미있고 눈치가 빠르고 스리 사이즈는 물론이고 팬티색까지 조사할 첩보 능력이 있다면······ 생각만으로도 전율이 인다. 무릎이 떨린다.

'그럴 리가 없어! 이런 변태가 두 사람이나 있을 성싶으냐!'

마음을 굳히고 류가에게 물어보자 "이치로보다 친한 친구가 있을 리가 없잖아"라는 대답이 돌아왔다. 아아, 다행이다······ 변태는 없구나.

그렇다면 원인이라고 짐작될 것은 한 가지.

이전에 류가가 말한 '아직 이치로에게 말하지 않은 게 있어'라는 그거겠지.

그게 이유라면 나로서는 어쩔 수 없다. 조사 따위 당치 않은 일이다.

류가는 그 비밀을 히로인들에게도 숨기고 있을 가능성이 있다. 내가 먼저 비밀을 아는 건 상당히 곤란하다. 아무리 친구라도 서브 캐릭터로서 분수를 알아야 한다.

'그래도 류가가 상대해 주지 않는 건 쓸쓸하군……'

오늘 류가는 2교시를 기다리지 않고 사라져 버렸다. 가방은 두었지만 교실에 돌아올 기척은 전혀 없다.

엘미라는 교실에 남아 있다. 유키미야와 아오가사키도 류가를 따라간 것 같지 않다.

그렇다면 이건 류가의 단독 에피소드일까. 아니면 누군가 다른 캐릭터와 만나고 있을까.

'혹시── 새로운 히로인이 등장했다거나?'

가능하다. 전투 방면이 평온한 탓에 지원이 있을 가능성은 있다.

요즘 세상에 추가 전사가 등장하는 일은 드물고 자시고도 없다. 그리고 그런 캐릭터는 초반에는 우대를 받는다. '첫 등장 보정'이 들어가는 것이다.

전투에서 크게 활약하고 평상시에도 주인공과 서로 깊이 관여하는 것은 당연한 일이다. 때에 따라서는 단숨에 진짜 히로인 자리에 오르는 것도 가능하다.

새로운 캐릭터는 그만큼 유리하다. 임팩트가 있다. 그 애 또한 또 다른 새로운 캐릭터에 먹혀 버릴 비극마저 있을 만큼…….

어이 엘미라. 자고 있을 때가 아니야. 네 입장이, 유키미야와 아오가사키 입장이 최대의 위기에 처해 있다고.

'무녀에 검사에 흡혈귀라면, 다음은 뭘까? 은근히 지금 네 명 파티로 균형은 맞으니까…… 하급생 캐릭터?'

주인공 친구로서는 갖가지 속성을 상정하고 대비해 두어야 한다. 아무튼 지금의 나는 류가의 사정을 아는 존재……. 새로운 히로인과 얽힐 확률도 상당히 높을 것이다.

나는 3교시가 시작되기 전에 교실을 나가 어딘가 진정할 수 있는 장소에서 대책을 짜기로 했다. 어차피 류가가 없으니까 교실에 있어도 소용없다.

수업 같은 것보다 이쪽이 훨씬 중요한 문제다.

나는 일단 두통이라고 핑계 대고 보건실에 가기로 했다.

보건실이라면 조용하고 누워서 생각할 수 있다. 예전에 몇 번인가 이용했을 때도 보건교사는 늘 자리에 없었다. 수업을 빼먹기에는 절호의 장소다.

'점심시간이 되면 일단 교실로 돌아가 보자. 류가가 돌아왔을지도 모르고.'

보건실에 가 보니 역시나 오늘도 선생님은 안 계셨다. 이 의욕 없음을 담임인 미네기시도 보고 배우기를 바란다.

……거기까지는 좋았지만 다른 문제가 생겨 버렸다.

안타깝게도 먼저 온 손님이 있었다.

보건실에 있는 침대는 두 개. 그중 하나를 이미 누군가 쓰고 있었다.

'쳇, 뭐야 동류인가?'

침대를 둘러싸듯이 커튼을 쳐 놓아서 안에 누가 있는지는 모른다.

희미하게 잠자는 소리가 들리니 현재 쉬는 중인 듯하다. 어쩌면 정말로 아픈지도 모르겠다.

'깨우면 미안하니까 조용히 해야지.'

나는 되도록 살금살금 다른 침대에 다가가 실내화를 벗고 벌렁 누웠다.

옆 침대와는 1미터도 떨어져 있지 않다. 소리가 나지 않도록 주의해야 한다. 그렇더라도 나는 단순히 '새로운 히로인에 대한 경향과 대책'을 생각하는 것뿐이니 괜찮겠지.

'음 새로운 히로인이란 것도 내 쓸데없는 걱정일지도 모르겠지만. 류가가 【용신】을 제어하기 위한 수행 이벤트일 가능성도 있고.'

천장을 바라보고 그런 생각을 하는데 교정 쪽에서 왁자지껄 학생들이 떠드는 소리가 멀리 들려왔다.

분명히 우리 반도 3교시는 체육이었던가. 오늘은 체육복을 깜빡했으니 땡땡이치기에 딱 좋았다.

'그러고 보니 류가는 늘 체육을 쉬었지⋯⋯. 아, 나도 커튼을 쳐야지.'

생각이 나서 상반신을 일으켰을 때.

……옆 침대 커튼에 벌어진 작은 틈을 발견했다.

"!"

틈으로 흘끔흘끔 보이는 것은 여학생의 가슴.

더없이 부드러워 보이지만 탄력적일 것 같은 예쁜 형태의 두 개의 둔덕이었다.

자는데 갑갑해서인지 이전의 아오가사키와 마찬가지로 위쪽 단추를 풀고 있다. 덕분에 블라우스가 크게 벌어져 엄청난 가슴골을 펼쳐 놓았다. 적당히 그을린 피부로 보아 운동부인지도 모른다.

'오, 오오……'

브래지어까지 풀었는지 상당히 아슬아슬한 부분까지 보인다. 하지만 커튼 간격은 몇 센티미터이고 아무리 각도를 바꾸어도 얼굴을 확인할 수는 없었다.

'안 돼, 보이지 않아……. 저 가슴에 동안이면 완전 최고인데.'

정신이 드니 나는 침대 위에 무릎 꿇고 앉아 있었다.

봐서는 안 된다고 생각하면서 본격적으로 뚫어지게 볼 태세로 들어갔다.

솔직히 나는 '여자'를 별로 좋아하지 않는다. 하지만 '여자 몸'은 무척 좋아한다. 사춘기의 남고생이니까 당연한 일이다. 그걸 누가 나무랄쏘냐.

한동안 눈을 크게 뜨고 지켜보고 있는데 그녀가 희미하

게 한숨 같은 소리를 냈다.

"으…… 응."

그 소리가 대단히 요염해서 나는 점점 더 두근거렸다. 어떤 곳도 불끈불끈했다. 누가 나무랄쏘냐.

'이런 야한 이벤트가 주인공 이외에도 일어나는구나…….'

……만약 여기에 류가가 있다면 나는 철저하게 내 일을 하겠지.

이 특등석을 류가에게 양보하고 '봐. 가슴이야'라고 잘 보이게끔 해주었을 것이다.

그러나 지금—— 여기에는 나밖에 없다.

류가가 없는 곳은 이야기의 백스테이지. 그리고 침대의 그녀는 히로인 후보도 아니다.

그렇다면 내가 봐도 되잖아. 가끔은 봐도 되잖아!

'느낌상 E컵인가? 아니 F인가? 아아 신이시여…… 저는 이 광경을 평생 잊지 못할 겁니다.'

내가 감사의 기도를 바치고 있는데.

갑자기 그녀의 몸이 크게 뒤척였다. 이어서 새근거리는 숨소리가 뚝 멈추고 한쪽 눈을 문지르는 기척이 났다. 아무래도 잠에서 깨 버린 모양이다.

가능하면 한 시간쯤 예뻐하고 싶었지만 이쯤에서 물러설 때겠지. 애초에 나는 가슴 감상을 하러 온 것이 아니다.

아직 그녀가 잠에 취한 사이에 얼른 이쪽 커튼을 치기로 한다.

그 타이밍에 그녀가 벌떡 일어났다. 우연히도 틈으로 옆모습이 들여다보였다.

신은 마지막으로 상대의 존안까지 뵐 수 있도록 자비를 하사하셨다. 고맙습니다! 오늘부터 당신의 사도가 되겠습니다!

'오오. 꽤 귀엽──.'

하지만 다음 순간. 내 사고는 정지했다.

그녀의 얼굴을 보자마자 머리가 모든 움직임을 포기했다.

'……어라.'

오뚝한 콧날에 속눈썹이 길고 찰랑거리는 머리카락의 미인. 그러나 어째서인지 남학생 교복을 입었다. 블라우스라고 생각한 건 잘 보니 와이셔츠였다.

동안이라면 동안일지도 모른다. 한편으로 여자애답지 않은 늠름함이 느껴진다. 특히 눈빛이 강렬했다. 망설임 없는 올곧은 눈동자였다.

나는 이 녀석을 본 적이 있다.

아니, 날마다 함께했다. 집으로 부른 적도 있다.

'거짓말.'

그건── 류가였다.

내 친구. 이 이야기의 주인공. 남모르게 이형의 괴물과 싸우며 그 몸에 【용신】이 깃든 소년── 틀림없이 히노모리 류가다.

"후와아…… 이런 이런, 벌써 이런 시간인가."

정지한 나를 내버려 두고 류가가 하품하면서 혼잣말한다. 가슴에는 역시 골짜기가 있다. 있을 리 없는 가슴골이 있었다.

어이, 신 이 자식아. 이게 뭐야? 어떻게 된 거야? 네놈, 류가를 어떻게 한 거야?

"……어라, 이치로?"

지장으로 변한 나를 류가가 곧 알아챘다. 평소처럼 산뜻한 미소를 지으며 이쪽으로 돌아보면서 침대가에 앉았다.

"뭐야, 너도 땡땡이야? 그럼 못써. 너라면 어차피 또 여자애들 데이터라도 정리하려고——."

그때 류가는 그제야 자신이 가슴을 풀어헤치고 있던 것을 기억한 모양이다.

"!"

이내 자신의 E컵(추정)을 내려다보고 잠시 돌이 된다. 동시에 그 얼굴에서 순식간에 핏기가 가시는 게 보였다.

"…………."

류가의 시선이 이번에는 나를 본다. 조금 지나 다시 자신의 가슴을 보고 다시 나를 본다.

나는 그동안 아무 말도 하지 않았다. 숨쉬기조차 잊고 있었다.

벽시계의 초침 소리가 꽤히 더 크게 들리는 가운데……이윽고 류가가 크게 숨을 들이쉬었다.

"꺄, 꺄아아아아아아아―!"

"?!"

직후 보건실에 류가의 비명이 울려 퍼졌다. 전투 파트에서도 끝내 들은 적 없는, 처음으로 듣는 날카로운 비명이었다.

"보지 마! 보면 안 돼! 아니야! 아니라고!"

"?! ?! ?!"

류가가 패닉에 빠졌다. 나도 절찬 패닉 중이다.

무슨 일이 일어났는지 파악하지 못한 채 오로지 '?!'를 연발하는 수밖에 없었다.

"가슴 따위 없어! 절벽이라고!"

류가는 가슴의 단추를 필사적으로 잠그려고 했지만 격렬한 동요 때문에 잘되지 않았다. 안짱다리가 되어 발을 오므리고 있었다.

"가슴 같은 게 있을 리가 없잖아! 왜냐면 나는 남자니까! 사나이니까! 대장부라구!"

그런 소리를 해도 실제로 있는 건 어쩔 수 없다. 유키미야보다 훌륭한 물건이.

"싫어 정말! 보지 말라고 했는데!"

지금 '싫어 정말'이라고 하셨어요?

"정말정말 이치로 바보오오오!"

내 안면에 류가가 던진 베개가 직격한다.

그러나 나는 미동도 하지 않고 눈도 한번 깜빡이지 않고

혼이 빠진 것처럼 류가를 휘둥그런 눈으로 그저 보고 있다.

정확하게는 출렁출렁 힘차게 날뛰고 있는 가슴을 눈을 동그랗게 뜨고 보고 있었다.

4

미증유의 비상사태에 직면한 나는 이러지도 저러지도 못했다.

류가가 울먹이면서 보건실에서 도망친 뒤에도 침대에서 한 시간 가까이 멍하니 있었다.

'나는…… 뭘 본 거지?'

리액션에도 정평이 난 내가 아무런 반응도 할 수 없었다.

이제 와서는 꿈이라도 꾸었나 싶다. 하지만 유감스럽게도 현실이다. 옆 침대 시트의 주름과 내 옆에 뒹구는 두 번째 베개가 그것을 극명히 이야기하고 있다.

'정말로 류가였나? 사람을 잘못 본 것 아닌가?'

그러나 그녀는 분명히 나를 '이치로'라고 불렀다. 여자 데이터 수집도 알고 있었고 말버릇인 '이런 이런'이란 말도 했다.

——히노모리 류가는 이 세계의 주인공.

미소녀들이 호감을 보내던 하렘계 히어로였다.

그런 류가가 '꺄아아'며 '싫어 정말' 같은 말을 할 리가 없다. 가슴에 저런 지방을 매달고 있을 리가 없다. 내가 불끈

불끈할 리가 없다.

나는 이 상황을 어떻게 받아들이고 어떻게 음미하고 어떻게 매듭을 지어야 할까?

……모르겠다. 이번 이벤트의 취지를 전혀 읽을 수 없다. 나에게 요구된 역할이 도저히 보이지 않는다.

그만큼 이번 일은 충격적이고 갑작스러웠으며 의미를 알 수 없었다. 개인적으로는 【마신】 부활 이상의 급전개였다.

'혹시 류가가 쌍둥이 아닌가?'

여전히 혼미한 머리로 나는 열심히 대답을 찾았다.

남녀 쌍둥이이며 오늘은 여자 쪽이 학교에 왔다…… 이건 그런 깜짝 설정이 아닐까?

'혹시 【용신】의 짓이라거나?'

강력한 힘을 빌리는 대가로 류가의 가슴이 비대해진 건 아닐까? 아니면 【용신】에 의한 풍만한 가슴의 저주라거나…… 다소 황당무계한가.

'알았다! 나락의 사도야! 여체화하는 능력을 지닌 적이 있는 거야!'

이건 상당히 설득력이 있는 것 같다. 그래서 류가는 요새 나를 피했던 거다. 밝히면 내가 주물럭거릴 거라고 생각한 것이다. 확실히 말해 두지. 나는 골치 아픈 머리를 주물거리고 있다.

……어찌 되었든 이 건을 내가 건드리는 건 그만두자.

소극적인 자세로 있는 것이 제일이다. 류가가 진상을 이야기할 때까지 기다리자. 얼버무린다면 순순히 속아 넘어가자.

나는 평범한 친구 캐릭터이니까.

메인 스토리에서 일어난 일에 깊이 관여하지 말아야 하는 법이니까.

그 뒤. 점심시간에 교실로 돌아와보니 류가는 조퇴하고 없었다.

대신에 류가의 자리에는 히로인 삼대장이 모여 있었다. 반 애들도 요즘에는 익숙해졌는지 그렇게까지 긴장하지 않는다. 고작해야 흥미진진한 시선을 보내는 정도다.

하기야 히로인들이 나타날 때마다 난리를 피운 사람은 원래 나 하나뿐이지만.

"아, 코바야시 님."

내 모습을 보자마자 유키미야가 꾸벅 인사했다.

유키미야는 최근에 앞머리에 분홍색 머리핀을 꼽을 때가 있다. 꽃잎 모양을 한 귀여운 핀인데, 이전 데이트 때 류가가 선물한 듯하다.

"어라, 다들 어쩐 일이야? 류가에게 볼일? 나도 그 녀석을 찾고 있는데."

"그렇다는 말은 코바야시랑 같이 있는 게 아니었나……."

내가 선수를 치고 시치미를 떼자 아오가사키가 자신의

턱을 잡고 신음했다.

……역시 그녀들도 류가에게 일어난 사태를 모르는 것 같다. 지금은 잠자코 있는 게 현명하리라.

"류가도 참, 대체 무슨 일일까. 요새 조금 이상해요. 늘 멍하니 생각에 잠겨 있고 매사에 마음이 딴 데 가 있는 것 같단 말이죠."

엘미라가 볼에 손을 대고 휴우 하고 탄식한다. 나머지 두 사람도 그에 동조한다.

음, 갑자기 자신의 가슴이 커진다면 누구든 얼이 빠지겠지. 보건실에서 잠이나 자고 싶어지기도 할 거야.

'지금의 류가는 적어도 유키미야보다 글래머야. 마음을 준 상대가 자신보다 큰 컵인 걸 알면…… 분명히 유키미야는 다크사이드로 떨어져 버리겠지.'

그런 내 마음 따위 알 까닭도 없이 당사자인 유키미야는 근심 가득한 표정으로 류가의 책상을 살며시 쓰다듬으며 작게 말했다.

"요새 히노모리 군, 무언가를 홀로 끌어안고 있는 것 같은…… 왜 저희에게 의논하지 않을까요."

"우리에게 쓸데없는 걱정을 끼치지 않으려고 하는 거겠지. 결과적으로는 무의미하지만. 실제로 우리는 이렇게 모여서 류가를 걱정하고 있으니까."

"반 애들한테 물어본 바로 류가는 4교시가 시작되기 직전, 잠깐 교실로 돌아왔다고 해요. 하지만 자기 가방을 들고 다시 바로 나가 버렸대요."

"엘미라, 넌 몰랐어?"

"자고 있었어요."

당당하게 대답하는 엘미라를 보며 아오가사키와 유키미야가 얼굴을 마주하고 동시에 한숨을 쉬었다.

류가가 없는 곳에서 얽히는 히로인들이란 것도 꽤 귀중한지도 모른다.

우연히 이 자리에 함께한 내 역할은 그녀들이 얼마나 걱정하고 있는지를 류가에게 전하는 것이겠지. 이런 역할이라면 금방 이해할 수 있는데……

한동안 심각한 얼굴로 으~응 하고 고민에 빠진 히로인들.

그때 갑자기 유키미야가 손뼉을 짝하고 치더니 들뜬 목소리로 말했다.

"그거예요. 히노모리 군을 기운 차리게 하기 위해 다 함께 맛있는 음식을 만들지 않을래요?"

"으, 음식?"

"맛있는 것을 먹으면 기분도 긍정적으로 바뀝니다. 틀림없이 히노모리 군도 고민을 털어놓을 마음이 들 거예요."

히로인다운 나이스한 아이디어라고 생각했지만 다른 두 사람은 눈에 띄게 싫은 기색이었다.

아오가사키가 굳은 표정으로 유키미야에게 물었다. 기분 탓인지 안색이 나빴다.

"시오리. 확인해 두겠지만…… 네가 말한 '맛있는 것'이란 네가 직접 만든 요리를 말하는 건가."

"네. 다만 이번에는 다 함께 만들죠. 물론 제가 제안자니까 총지휘는 맡겨 주세요!"

"장례식이 돼 버릴 거예요!"

웬일로 엘미라까지 심상치 않게 평정심을 잃었다. 새빨간 곱슬머리를 일렁거리며 동요하고 있다. 그런 것도 가능한 건가.

그래, 그건 됐다고 치고…… 이건 요컨대 그런 건가.

왕도 히로인 · 유키미야 시오리는 '요리 솜씨 없음 속성'을 지닌 거다.

생각해보면 천진한 아가씨인 그녀에게 딱 맞는 설정이다. 뭐야 유미키야, 익살스러운 구석을 분명히 갖추었잖아. 개성을 가지고 있잖아.

"사실은 저, 최근에 비프 스트로가노프를 배웠습니다. 집사인 세바스찬이 시식해보더니 정말 맛있는지 뒤집어져서 경련까지 했답니다!"

유키미야는 분명히 데이트할 때 직접 싼 도시락을 들고 있었다.

류가니까 아마도 열심히 다 먹었겠지. 독기를 내뿜는 보라색 물체를 산뜻한 미소를 지으며 깨끗하게 비웠을 것이다.

역시 너는 대단해, 류가.

"엘미라, 어쩔래……. 어떻게 해야 우리는 이 생명의 위기에서 벗어날 수 있지?"

"레, 레이 씨, 저한테 넘기지 말아 주실래요? 저는 절대로 사양이에요! 아무리 독에 내성이 있는 뱀파이어라도 치사량이란 것이 있어요!"

생글생글 웃는 '축명의 무녀'를 두고 긴급회의를 시작한 '참무의 검사'와 '상암의 혈족'.

솔직히 코미디에 동참할 기분이 아니지만, 메인 캐릭터들이 힘을 내고 있으니 지켜보기로 하자.

그러다 내가 마지막에 "나 참, 정말이지 류가는 행운아로군" 같은 말을 하고 끝내면 이 대목은 완결되겠지……라는 생각을 하던 찰나.

이번에는 엘미라가 느닷없이 손뼉을 짝 쳤다.

뭔가 회피책이 떠오른 것 같다. 자신들과 류가가 살인 비프 스트로가노프에서 벗어나기 위한 수단을. 아무튼 있는 힘껏 유쾌하게 발버둥 쳐 주라고.

"그, 그래요! 그렇다며 시오리 씨, 먼저 당신의 요리를 코바야시 이치로에게 맛을 확인시키면 어떨까요?"

때린다, 망할 뱀파이어.

"으, 음. 내가 생각하기에 남자와 여자는 미각이 다르니까. 먼저 코바야시에게 희생…… 아니 조언을 부탁하고 경우에 따라서는 다음 기회로 미루자."

홀스타인 검사, 너도냐.

확실히 주인공 친구란 까딱하면 비참한 일을 당하게 마련이다. 그래서 일상 파트가 재미있어진다면 나는 흔쾌히 뭐든 받아들일 생각이다. 하지만 이번만큼은 단호하게 거부한다.

이 에피소드에는 가장 중요한 류가 없잖아!

그저 무대 뒤의 벌칙 게임일 뿐이잖아!

그런 일에 나를 끌어들이지 마! 그야 지금의 나는 히로인들의 비밀도 아는 존재지만 그뿐이니까! 당신들과는 친구도 뭣도 아니니까!

이 흐름을 끊으려면 이제 강제로 끝내는 수밖에 없다.

'나 참, 정말이지 류가는 행운아로군'이라고 말하고 짠짠하고 끝내는 거다. 이 녀석들과 쓸데없는 플래그가 서기 전에!

"나 참, 정말이지 류가는 행운……."

"코바야시. 네 의협심, 우리에게 보여 줘. 이 벌충은 반드시 한다."

대사 겹치기 하지 마, 아오가사키!

그리고 말하자마자 플래그 같은 걸 세우려 하지 마!

"나 참, 정말이지 류……."

"저, 코바야시 이치로에게는 기대하고 있어요. 뭐라 해도 류가가 마음을 허락한 인간인걸요. 분명히 평범한 사람이 아니에요."

말 좀 하자 엘미라!

나는 평범한 인간이다! 일반인의 화신이다!

"나 참, 정말……."

"코바야시 님. 반드시 맛있다고 말씀하시도록 하겠어요. 하지만 저까지 먹으면 안 된답니다? 우후후."

유키미야! 그런 말은 류가한테만 해야지! 아무리 천진하다고 해도 안 돼!

그런 개성은 너한테 필요 없어! 그리고 집사 이름이 세바스찬이라니! 아무리 그래도 너무 흔하니까 해고해!

'큰일났다……. 이대로는 이 녀석들과 쓸데없이 교류가 깊어지고 말 거야.'

이 '히로인들이 장난치는' 포지션은 주인공에게만 허락된 특권이다. 멋대로 시식회 따위 했다가는 친구로서 류가에게 얼굴을 들 수 없다.

그렇지 않더라도 지금 류가는 괴로운 가슴을 품고 있다. 와이셔츠가 터질 것처럼 가슴이 괴로운 상태인 것이다.

어떻게든 거절해야…… 그런 생각을 하는데 아오가사키가 내 어깨를 툭 두드렸다.

그리고 히로인들을 대표해 쐐기를 박듯이 내뱉는다.

"나 참, 정말이지 코바야시는 행운아로군."

그날. 나는 정말로 머리가 아파져서 류가의 뒤를 따르듯이 조퇴했다.

5

그로부터 꼬박 이틀을 류가는 학교에 오지 않았다.

히로인들이 병문안을 간 것 같아서 일단 나는 동향을 지켜보기로 했다. 그녀들의 말로는 류가가 '감기에 걸렸다'고 설명한 모양이다.

"걱정해서 손해였어요. 고작 바이러스에 지다니, 인간은 참으로 약하군요."

엘미라는 그렇게 말하며 오호호호 하고 웃었다. 이 녀석은 조금 더 정체를 감추는 법을 배우기를 바란다.

……하지만 나는 안다. 류가는 결코 감기 따위가 아님을.

류가가 쉬는 이유는 '몸이 여자로' 변했기 때문이다. 그리고 아마도 그 모습을 나에게 들킨 것이 충격이었을 것이다.

'혹시 류가는 마음까지 여자로 바뀌고 있는지도 몰라. 그러니까 비명 같은 걸 지른 것도…….'

그렇다면 무시무시한 사도다. 일찍이 이렇게까지 히노모리 류가를 궁지로 내몬 적은 한 마리도 없었을 것이다.

그렇지만 이 추측은 정말로 '나락의 사도'의 짓이었을 때의 이야기다.

아직 확증은 어디에도 없다. 그리고 나는── 어떤 가능성을 억지로 외면하고 있다.

'이것저것 고민해도 소용없어. 이 건에 관해서는 무조건 기다리기로 했으니까. 류가가 먼저 연락할 때까지 나는 가만히 있어야 해.'

……그리고 사흘째 방과 후. 그 기회는 빨리도 찾아왔다.

종례가 끝나자 오늘도 나는 히로인들에게 붙잡히지 않

도록 맹렬히 학교를 뒤로했다.

또다시 '기미 상궁' 이야기가 다시 나오는 건 참을 수 없다. 류가가 등교한다면 분명히 기획을 엎으리라고 믿었다.

'차라리 류가가 부활할 때까지 나도 아프다고 학교를 쉴까.'

그런 생각을 할 때, 갑자기 내 휴대전화가 울렸다. 집까지 앞으로 겨우 몇 미터 남은 지점이었다.

화면을 보니 메시지 하나가 와 있었다. 보낸 사람은——히노모리 류가.

그 자리에서 멈추고 바로 메시지를 확인했다.

용건은 대강 감이 왔다. 류가는 기본적으로 의미 없는 메시지를 보내는 녀석이 아니다. 문장도 대부분 짧고 간결하다.

'이치로에게. 지금 시간 있을까? 하고 싶은 이야기가 있어.'

적힌 내용은 그게 다였다.

히로인들보다 먼저 나에게 털어놓을 생각일까……. 평범한 친구 캐릭터에게는 과분한 역할 같기도 하지만, 생각해 보면 나는 류가의 가슴을 보고 말았다. 이번 건에 한쪽 발을 들이민 유일한 존재다.

주인공에게 지명되었다면 응하는 길밖에 없다. 상담을 해주는 수밖에 없다. 이 처지가 된 뒤로 메인 스토리에 얽힐 각오는 이미 마쳤다.

'내가 무슨 역할을 맡을 수 있을지는 도통 모르겠지만……'

약간의 불안을 품은 채로 나는 '좋아. 우리 집으로 올래?'라고 대답했다.

류가는 실제로는 감기가 아니니 바깥을 돌아다녀도 괜찮겠지. 혼자 사는 거나 마찬가지인 우리 집이라면 주위를 신경 쓰지 않고 이야기할 수 있을 것이다.

'알았어. 십 분쯤 뒤에 갈게.'

곧 다시 짧은 메시지가 왔다. 이 녀석이 십 분이라고 하면 오 분 정도면 올 것이다. 히노모리 류가는 백 미터를 사초 남짓에 질주한다.

'그렇게 결정이 났으면 서둘러 돌아가 차를 준비해야지.'

……그때의 나는 아직 몰랐다. 가볍게 상담역을 맡아서는 안 되었음을.

꾸준히 쌓아올리다 한때는 붕괴할 뻔했고, 그래도 어떻게든 유지해 온 '주인공의 친구'라는 포지션── 그것이 이번에야말로 끝을 맞이하려 한다는 것을.

내가 집에 돌아오고 얼마 지나지 않아 바로 류가가 찾아왔다.

얼핏 보기에 특별히 이상한 낌새는 없다. 서먹함은 특별히 없고 완전히 이전 같은 모습이었다.

"아 이치로, 너무 빨리 와 버렸나."

"아니, 마침 차를 내렸어. 들어와 류가."

나도 최선을 다해 평소 같은 느낌으로 대응하며 류가를 거실로 들인다. 류가는 교복 차림이며 책가방을 들고 있었다. 평범하게 수업 끝나고 집에 가는 것처럼 보였다.

……가슴을 잠깐 훔쳐봤지만 부풀어 있지 않았다.

'어라, 가슴이 없잖아? 벌써 문제는 해결한 건가? 그러면 무슨 상담이야? 사후 보고라는 이름의 폭로인가?'

테이블을 끼고 마주 앉기를 약 일 분.

어째서인지 류가는 좀처럼 입을 열지 않았다. 차에도 손을 대려 하지 않고 고개를 숙인 채 찻잔에서 피어오르는 김을 가만히 바라보았다.

"…………."

"…………."

어쩐지 맞선 같아서 매우 불편하다.

무의식중에 무릎 꿇고 앉아 있는 자신을 깨달았다. 내가 무릎을 꿇고 앉는 건 엄청난 일이 일어났을 때뿐이다. 가슴을 감상할 때나 설교를 당할 때나.

'분위기가 무겁군……. 이럴 때는 시시하고 얼빠진 이야기라도 던져볼까.'

다만 지금의 류가에게 '가슴'은 금지 단어다. 그렇다면 상당히 엄해진다. 발언 대부분이 막힌 형태가 되어 버린다.

'아, 그래. 히로인들이 걱정한 이야기를 해야지. 요리를 만들려던 것도 고자질하면 나는 기미 상궁 역에서 해방되

고——.'

그런 내 사고는 류가가 고개를 들어서 중단되었다.

드디어 말할 마음을 먹은 것 같다. 그렇다면 내가 무슨 말을 할 필요는 없다. 주인공의 발언은 모든 대화에서 우선시된다.

류가의 표정이 매우 결연했다.

이렇게 보면 역시 남자치고는 선이 너무 곱다. 피부도 매끄럽고 입술도 작고 턱도 뾰족하니 가늘다. 이래서야 꼭——.

"이치로. 나…… 아직 너에게 말하지 않은 게 있다고 전에 얘기했었지."

"어, 어어."

"물론 【용신】에 관한 것도, 시오리와 레이 선배와 엘에 관한 것도, '나락의 사도'에 관한 것도 사실은 전부 말하지 않을 생각이었어. 이치로가 사실을 알면 휘말릴 위험이 있으니까."

네가 그렇게 마음을 써 주었다는 건 알아, 류가.

"하지만 너는 알아 버렸어."

"…………."

이건 정말이지 '죄송합니다'라고 백번 사과해야 한다. 친구 캐릭터로서 있을 수 없는 월권행위였다.

하지만 류가의 말투에서는 나를 나무라는 듯한 의사는 감지되지 않는다. 시선도 부드럽고 노려보기는커녕 고개를 숙이고 눈동자만 위쪽으로 굴린다.

생각해 보면 비밀을 들었을 때, 류가는 말했다. '너에게 숨기는 게 줄곧 마음이 편치 않고 괴로웠으니까'라고.

쥐 죽은 듯 고요한 거실에 류가의 목소리가 울려 퍼진다.

"이치로는 이미 내 비밀을 대부분 알고 있어. 하지만, 그래도 이것만큼은 끝까지 숨길 작정이었어."

"…………."

"내가——여자라는 사실만큼은."

……아아. 역시 그랬나.

너의 깜짝 설정은 그거였구나.

아니, 마음속 어딘가에서는 깨닫고 있었다. 아니, 맨 먼저 착안해야 할 가능성이었다.

확실히 류가라는 소년은 중성적인 얼굴이고 체격도 가냘프다.

곁에 있으면 어쩐지 좋은 향기도 났고, 같이 소변을 보자고 할 때도 전혀 응하지 않았다. 장난으로 뒤에서 껴안고 허리를 덜컹덜컹 흔들었을 때에는 무시무시하게 화를 냈다.

하지만 그래도 여자라고 믿지 않았다. 캐릭터 디자인이 그럴 뿐이라고, 점잔빼는 경향이 있어서 천박한 대목은 끼고 싶어 하지 않을 뿐이라고 멋대로 해석했다.

그날. 보건실에서 가슴을 볼 때까지는.

"듣고 보니 몇 가지 짐작 갈 만한 곳은 있어. 류가랑 날마다 어울렸으니까, 당연히 '응?' 하고 생각한 적은 있었어."

"······그렇지."

류가가 어깨를 으쓱하고 쓴웃음을 짓는다. 이제는 모든 행동이 여자아이처럼 보였다.

"하지만 그런 의심은 머리에서 배제해 왔어. 류가는 남자, 그걸로 됐다고 생각했어. 그러는 편이 너한테도 좋다고 생각했고······."

"마음 쓰게 했구나. 미안, 이치로."

사과받을 이유는 없다.

내가 의심에서 눈을 돌린 까닭은 전적으로 나 자신의 간절함 바람이었기 때문이다. '그래서는 곤란하다'는 개인적인 사정이었다.

주인공이 여자면 여러모로 파탄이 나 버리잖아!

더는 히로인들이 히로인들이 아니게 되잖아! 주인공 자신이 히로인이잖아!

그뿐만이 아니다. 내 입장도 상당히 미궁으로 빠지게 된다.

나는 지금까지 여자애들 스리 사이즈를 여자에게 가르쳐 준 것이 된다. 여자애를 꼬드겨서 여자애가 옷을 갈아 입는 모습을 훔쳐본 게 된다.

이건 변태 캐릭터 같은 차원이 아니다. 단순히 배려 없는 인간이다.

'알고 싶지 않았어······. 사도 짓이었으면 했어······.'

비탄으로 기운이 빠진 나는 류가에게 어떻게 비쳤을까.

그보다 지금까지 어떻게 비쳤을까.

"그래도 이걸로 잘됐어. 나는 이치로에게 비밀이 있는 게 싫었는걸."

그(이제 그녀인가)는 그제야 처음으로 찻잔을 들고 차를 한 모금 마셨다.

마시기 전에 후—후— 불어 식히는 모습이 유달리 귀엽다. 남자라면 뜨거운 걸 못 먹는 것도 단점이지만 여자애라면 장점이다.

"이치로, 네가 말했었지. 무슨 일이 있어도 친구라고……. 사실은 그때부터 내 안에 망설임이 생겼어. 이래도 정말 되는 걸까. 줄곧 친구인 채로 괜찮은 걸까."

"어?"

"나에게 이치로는 귀중한 존재야. 너랑 있을 때만은 사명을 잊을 수 있어. 이치로랑 있을 때가…… 가장 안심이 돼."

"응?"

"그러니까 솔직히 이치로가 다른 여자애 이야기를 하는 건 즐겁지 않았어. 레이 선배에게 '팬티가 보일 것 같아'라고 한 너를 그만 때리고 말았어. 노래방도 사실은 둘이서 가고 싶었어."

……잠깐만.

이야기의 흐름이 아무래도 이상한 방향으로 가고 있지 않아? 이 녀석은 무슨 소리를 하는 거야?

히노모리 류가는 여자애였다── 이제 그 사실은 받아들이는 수밖에 없다. 그 고백만으로도 나는 벌써 포화상태다.

그런데 불길한 예감이 아직 사라지지 않았다. 또 다른 무시무시한 고백이 기다리는 예감을 떨칠 수 없다. 이 이야기는 이제 그만하자 류가. '나락의 사도' 이야기를 좀 더 하자고.

내가 몸서리를 치거나 말거나 무정하게도 류가는 이야기를 이어나갔다.

"이치로, 미안. 나…… 욕심이 생겨 버렸어."

"요, 욕심?"

"비밀을 알고도 이치로가 변함없이 대해 주니까. 나를 받아들여 주니까……. 보건실에서 그런 일이 있던 이상, 이제 전부 말하고 싶어졌어."

언젠가 나는 심장 박동이 말도 안 되게 쿵쾅거렸다. 덥지도 않은데 이마에 땀방울이 맺힌다.

그런 나를 류가가 똑바로 응시하고 있다.

처음 만났을 때와 다름없는 강인하고 망설임 없는 눈동자. 그 눈동자가 지금은 몹시 촉촉하다.

"이치로, 들어 줘. 앞으로는 나는 여자애로 돌아갈 거야. 너한테만 보이는 진짜 나── 여자로서의 나야."

"…………."

"나, 연애해 보고 싶어."

"……어?"

"나도 언젠가는 여자로 돌아갈 날이 올 테니까. 그때를 대비해 '연인 수행'을 해 두고 싶어."

두려워하던 사랑 고백과는 조금 달랐다. 하지만 내 넋을 빼기에는 충분했다.

"이런 걸 부탁할 수 있는 사람은 이치로밖에 없으니까…… 하다못해 단둘이 있을 때는 친구가 아니라 여자애로 봐 주지 않을래……?"

──큰일이다 유키미야, 아오가사키, 흡혈귀. 그리고 소꿉친구.

너희의 히로인 루트가 전부 닫혀 버렸어. 주인공 자신이 히로인이 되고 싶어 한다고! 【용신】을 제어하는 것보다 더 엄청난 수행 이벤트가 나와 버렸어!

그뿐만이 아니다. 나도 포지션을 완전히 잃고 말았다. 당사자인 주인공에게 친구를 각하 당해 버렸다!

창백해진 나와 빨개진 류가.

어쩐지 류가의 목소리가 평소보다 높은 것 같다. 이게 원래 목소리인지도 모른다.

"히노모리 가문의 【용신】은 원래 남자애가 잇게 되어 있대. 그러니까 여자애밖에 태어나지 않았을 때, 계승자는 남자로 키워. 터무니없는 규율이라고 생각하지만, 몇백 년이나 그래 왔으니 어쩔 수 없어."

"…………."

"하지만 마음까지 남자가 되는 건 무리야. 역시 나는 여자아이인걸. 아무리 사이가 좋아도 이치로를 단순한 친구로 볼 수는 없어."

맞장구조차 치지 못하는 나를 신경 쓰지 않고 류가는 점점 더 수다스러워진다.

아마도 모든 것을 커밍아웃한 덕분에 진심으로 후련해졌겠지. 더 이상 내 앞에서 '남자'를 연기할 필요가 없어지고 해방감이 장난 아닐 것이다.

"연인 놀이를 해 주기만 하면 돼. 지금까지도 둘이서 여러 곳으로 놀러 갔지? 그것도 나로서는 데이트나 마찬가지였으니까."

분명히 류가와는 자주 돌아다녔다.

게임센터, 패밀리 레스토랑, 에로게임샵, 대여점 19금 코너…… 그게 데이트였던 건가. 말도 안 되게 최악의 남자잖아.

그런가. 그러니까 류가는 언제나 "좀 더 분위기 좋은 카페에 가자"거나 "기왕이면 영화라도 보자. 연애물이라거나" 같은 소리를 한 건가.

그건 점잔뺀 게 아니라 소녀 마음이었던 건가.

"말해 두지만 나, 가슴도 꽤 커. 평소에는 천을 감고 있지만. 아, 지금도 하고 있어."

아오가사키, 너는 브래지어가 정답이었던 모양이야. 천을 두른 캐릭터는 한 명이면 족하다.

"그래, 다음에 도시락 만들어 올게. 이치로는 날마다 편의점 빵만 먹어서 걱정했어. 나, 요리에는 자신이 있어."

유키미야, 네가 말한 '류가는 요리가 특기'란 복선이 상당히 유감스러운 형태로 회수되었어. 너의 비프 스트로가노프는 역시 세바스찬 전용인 것 같다.

"좋아, 어쩐지 기운이 났어. 내일부터 또 학교에 갈게. 사도와 전투도 지금까지보다 더 열심히 할게!"

양손으로 작게 승리의 포즈를 취하는 류가.

"으, 응……."

"아, 학교에서는 지금까지처럼 대해 줘. 이건 톱 시크릿이니까. 시오리랑 레이 선배, 엘에게도 비밀이니까 말하면 안 돼?"

테이블에서 몸을 내밀고 자신의 입술에 검지를 대는 류가.

"으, 응……."

"그리고 위험하니까 전투 견학은 금지~! 남자 같은 모습 이치로에게는 보이고 싶지 않기도 하고……."

앞머리를 만지작거리면서 에헤헤 하고 쑥스러워하며 웃는 류가.

"으, 응……."

"걱정하지 마. 나는 지지 않으니까. 【용신】의 힘도 최근에는 제법 제어할 수 있게 되었어. 어떤 사도가 와도 괜찮아. 그러니까 만약 세계를 구한다면 포상으로 키스해 준다거나…… 꺄아──! 나도 참 무슨 말을 하는 거야! 어디까지나 연인 놀이인데에!"

볼에 양손을 대고 혼자 들뜬 히노모리 류가. 그 모습은 이제 어디를 보아도 여자아이다.

이게 그 '용신의 후계자'인가.

그 '드래곤 팡(내가 지음)'을 다루는 자인가.

'이제 이 녀석을 어떻게 다루면 될지 모르겠어……. 것보다 자신을 어떻게 다루면 될지 모르겠어…….'

다시 말해 나는 '친구 캐릭터'를 새로 고침해서—— 잠정적인 '연인 캐릭터'가 되어 버린 건가?

이런 몰개성한 일반인이? 지금까지 우직하게 변태 행위를 거듭해 온 남자가?

그건 곤란하다. 이 노선 변경은 아무래도 아웃이다. 무엇보다 나는 그런 포지션에 전혀 조예가 없다. 완전히 전문 밖의 역할이다.

어떻게든 해야 한다.

어떻게든 친구 캐릭터로 돌아가지는 못하는 건가.

나는 류가의 남자 친구 역할이 아니라—— 오래전에 연기한 것처럼 목도리도마뱀 역할로 있고 싶다.

6

나는——히노모리 류가는 철이 들 때부터 줄곧 남자로 자랐다.

어릴 적에는 그게 괴롭지 않았다. 원래 활발한 성격이었고 소꿉놀이보다도 히어로 놀이 쪽이 재미있었으니까.

"류가. 너는 히노모리 가문의 적자로, 【용신】의 빙의체로서 너의 인생을 희생해야 한다. 평범한 딸로 살지 못하게 하는 점 부디 용서해다오……."

아버지는 늘 그렇게 말씀하셨다.

"괜찮아요, 아버지."

나는 물론 웃는 얼굴로 그렇게 대답했다.

인류의 적인 '나락의 사도'—— 그들의 침략으로부터 이 세계를 지키는 일.

자신이 짊어진 사명의 무게는 숙지하고 있다고 생각했다. 이런 숙명을 여동생인 쿄카에게 떠맡기고 싶지는 않았다.

하지만…… 자라면서 나는 치마조차 입지 못하는 자신이, 소지품으로 좋아하는 분홍색을 고르지 못하는 자신이 점점 서글퍼졌다.

'꼭 남자아이로 있어야 하는 걸까…….'

아무리 남자답게 행동하려 해도 마음이나 몸까지 속일 수는 없다.

주변과 달리 변성기도 오지 않는다. 키도 별로 크지 않는다. 그런데 가슴만은 커진다.

그런 자신에게 위화감을 느끼면서도 수행만 하며 살아왔다.

초등학교 5학년 때부터는 가족이 모두 중국으로 건너가 고명한 노스승 밑에서 엄격한 수행을 쌓았다. 부모님은 지금도 그 땅에 머물며 사도의 왕인 【마신】을 조사하고 있다.

……그때. 내가 고등학생이 될 타이밍에 "일본에 '나락의 사도'가 출현했다"는 보고가 들어왔다.

장소는 이전에 내가 살던 동네—— 몇백 년 전, 선조가 【마신】을 봉인했다고 하는 히노모리 가문의 수호지였다.

'이 사명을 완수한다면 여자아이로 돌아가는 것을 허락해 주지 않을까…….'

그런 막연한 기대를 감춘 채 나는 즉각 쿄카를 데리고 귀국했다. 여동생도 마침 중학교에 입학할 시기여서 둘이 함께 일본에서 살게 되었다.

나는 집에서 가장 가까운 오메이 고등학교에 다니기로 했다.

선천적으로 병약하고 지금도 통원 생활을 하고 있다—— 학교에는 그렇게 설명했다. 자주 수업을 빠지거나 체육과 수영 수업을 빼기 위한 방편이었다.

'학교생활을 즐길 여유는 없다. 이미 사도들은 마을 여기저기에 숨어 있어……. 【용신】을 계승한 인간으로서 반드시 섬멸하겠어!'

그런 경의를 가슴에 새기며 입학식을 맞이한 그 날.

나는—— 한 소녀와 만났다.

"여, 너도 이 반인가?"

첫 만남은 잊을 수 없다. 소년이 던진 그 한마디.

……솔직히 그때는 놀랐다. 왜냐하면 기척을 하나도 느끼지 못했기 때문이다.

나는 그가 말을 걸 때까지 다가오는 것을 전혀 감지하지 못했다.

'이, 이 사람…… 뭐지?'

혹시 인간으로 둔갑한 '나락의 사도'인가 경계했지만 사기는 느껴지지 않았다. 스스럼없이 '코바야시 이치로다'고 말하는 모습은 김 샐 정도로 무방비했다.

첫 번째 인상은 '어디에나 있는 고등학생'이라는 느낌.

보통 키 보통 체중에 외모도 평범하다. 반대로 특징을 찾기가 어려울 정도……인데 어째서인지 기묘한 존재감이 있었다. 기억할 수 없는데 잊을 수 없는 모순된 소년이었다.

입학하자마자 이상한 사람을 만나 버렸다…… 그때의 나는 그 정도 인식이었다.

그런데 사태는 생각 이상으로 귀찮아졌다. 무엇이 마음에 들었는지 이튿날에도 그는 끈질기게 나를 맴돌았다.

아무리 '엮이고 싶지 않다'고 해도 쇠귀에 경 읽기. 류가, 류가 하고 어디에든 따라온다. 여자라는 사실을 들키지 않도록 친구는 만들지 않으려고 했는데…….

"이봐 코바야시. 부탁이니 나를 가만둬."

"그래, 알았어. 그래서 C반의 유키미야 시오리란 애가 엄청 귀여워서……."

"알기는 뭐가 알아."

"알아. 그리고 스리 사이즈는 말이지……."

"그러니까 모르잖아!"

"됐으니까 들어! 여기는 시험에 나온다고!"

"왜 네가 화내는 거야! 그런 시험은 볼 일 없어!"

나에게 이치로는 한동안 두통의 씨앗이었다.

반면에 그를 싫어할 수도 없었다.

곤란한 사람이지만 결코 나쁜 사람이 아니다. 언제였던 가, 할머니를 업고 육교를 건너는 모습을 보았다. 십 분 넘게 고민한 끝에 모금함에 천 엔짜리 지폐를 넣는 모습도 보았다.

나한테도 그저 민폐만 끼치는 게 아니었다.

이를테면 반에서 고립되기 십상인 나를 이치로는 자주 두둔해주었다.

반 안에도 사이좋은 그룹이 몇 개 있다. 이치로는 모든 그룹과 잘 어울리면서 나와의 파이프 역할이 되어 주었다. 그건 무척 고마웠다.

"코바야시는 커뮤니케이션 능력이 높구나……."

"그야 그렇지. 나는 친구의 마에스트로니까."

"나보다 다른 애들과 함께하는 편이 즐거울 텐데?"

"아니. 나는 너밖에 흥미 없어."

그는 별생각 없이 말했겠지만 나는 심장이 쿵 했다.

남자애에게 그런 말을 듣기는—— 처음이었으니까.

멋있는 남자애라면 지금까지 몇 사람이나 만났다. 내 주변에는 어째서인지 그런 사람이 모이는 경향이 있다.

그 점에서는 코바야시 이치로라는 소년은 겉치레로도 꽃미남이 아니다. 야한 이야기만 하고, 숙제도 자주 까먹는다. 태연히 방귀도 뀐다.

······하지만 그런 게 오히려 인상을 좋게 했다.

우리 또래는 이성을 특히 의식해버리기 십상이다. 그러니까 '그 사람의 민얼굴'이란 동성과 함께 있을 때에만 알 수 있다고 생각한다.

그리고 나는 이치로의 민얼굴을── 멋지다고 느꼈다.

이전에 만난 남자애 중 누구보다도 매력적이라고 생각해 버렸다.

애초에 나는 밀어붙이는 데 약한 타입이기도 하다. 강력하게 요구하면 자동으로 고개를 끄덕이고 마는 성격이다. 시오리와 레이 선배와 엘의 요구를 거절하지 못하는 것도 그 때문이다.

'내 정체를 알면 이치로는 어떻게 생각할까······.'

어느새 그를 이름으로 부르게 되었을 무렵, 나는 그런 사실을 신경 쓰게끔 되었다.

'나락의 사도'와의 전투는 조금씩 격렬해지고 있다. 그러는 사이 같은 숙명을 지닌 동료들도 얻었지만, 그에 비례해서 적도 버거워지고 있었다.

'만약 이치로가 "힘"이 있다면. 함께 싸워 준다면······.'

일상만이 아니라 비일상에서도 곁에 있어 주기를 바란다. 기대고 싶다……. 정신을 차리니 나에게는 그런 의존심마저 싹트고 있었다.

나는 실제로 이치로는 '어떤 소질'이 있다고 생각한다.

그는 이상하게 운동 신경이 좋다. 하려고 마음만 먹으면 공부도 잘한다. 그림도 잘 그리고 어떤 악기도 금방 마스터하고, 커뮤니케이션 능력도 있다. 게다가 내 허를 찌르는 기묘한 스텔스 성능까지 가지고 있다.

그가 가진 소질── 그건 말하자면 '주인공의 소질'이다.

분명히 이치로는 그럴 마음을 먹으면 어떤 분야에서든 주역이 될 수 있다.

만약 이치로가 '힘'이 있다면 사도 따위 적이 되지 않겠지. 다소 호의적이기는 하지만 나는 그만큼 그를 평가했다.

'그런 이치로가 나를 특별하게 보고 있어. 나밖에 흥미가 없다고.'

물론 그는 나를 남자라고 생각한다. 그러니까 이건 '우정'일 뿐이다. 우리의 관계가 그 레일에서 벗어나는 일은 있을 수 없다.

그런 생각을 하면 마음이 욱씬 아팠다.

나는 이미 그때는…… 진작에 자신의 마음을 알아챘다.

이윽고 2학년으로 진급하고 다시 이치로와 같은 반이 된 것을 기뻐하던 어느 날. 한 가지 중대한 사건이 일어났다.

사도와의 전투를 이치로에게 들켜 버린 것이다.

그래서 나는 각오를 굳히고 사정을 털어놓기로 했다.

원래부터 이치로에게 비밀이 있다는 사실에 마음이 찝찝했기 때문이다. 그를 계속 속이는 죄책감이 나날이 더해 갔기 때문이다……. 만약 그래서 이치로가 나를 피한다면 그와의 친구 관계를 끝낼 작정이었다. 남으로 돌아갈 생각이었다.

그런데. 그래도 이치로는 친구로 있어 주었다.

무슨 사정이 있든 친구라고 말해 주었다.

나는 그 말이 울고 싶을 정도로 기뻤다. 그러나 동시에 가슴이 죄어들었다.

새삼스레 그가 '우정'을 들이민 상황. 그건 내 안에 결정적인 망설임을 부르는 방아쇠가 되었다.

'지금 이대로의 관계로는 나를 친구로밖에 보지 않을 거야. 언젠가 이치로에게 여자 친구가 생긴다면…… 나는 웃으며 축복할 수 있을까.'

그 연인이 자신이라면 얼마나 행복할까.

이치로와 손을 잡고 걷고 싶다.

옷을 갈아입는 장면을 훔쳐본 이치로에게 화내고 싶다.

매일 아침 집까지 깨우러 가고 싶다.

도시락을 아~앙 하고 먹여 주고 싶다.

그것이 히노모리 가문의 적자로서 '죄'임은 당연히 알고 있다. 그렇기에 마지막 비밀만은 고집스럽게 지켰다.

몇 번이나 '나는 여자입니다. 그리고 당신을 좋아합니다' 고 메시지를 보내고 싶었다. 하지만 보내지 않고 삭제했다. 휴대전화의 대기화면을 남몰래 찍은 이치로 사진으로 하는 것만으로 참았다.

'나, 뭐하는 거야…… 중요한 사명이 있는데…….'

자신을 훈계하는 의미로 이치로에게서 거리를 두려고 마음먹은 바로 그때. 또다시 엄청난 사건이 일어났다.

여자라는 사실까지 이치로에게 들킨 것이다.

고민하며 잠들지 못한 밤이 이어져서 잠시 보건실에서 잠을 청했을 때였다. 나는 갑갑한 천을 풀고 어리석게도 그대로 잠들어 버렸다.

그 모습을—— 이치로에게 들켰다.

이번에야말로 우리 관계가 붕괴한 것을 의미했다.

'어쩌지. 어쩌지. 어쩌지……!'

사도와의 전투에서도 이토록 평정심을 잃은 일은 없었다. 시오리 일행이 병문안을 와도 "감기가 옮으니까"라며 돌려보냈다. 누구도 만나고 싶지 않았다.

이치로는 전혀 연락하지 않았다. 그게 괜히 더 불안했다. 무서워서 견딜 수 없었다.

'이치로와 제대로 이야기해야 해. 더 이상 속이는 건 무리니까.'

……어쩌면 내 마음 어딘가에서 이렇게 되기를 바랐는지도 모른다.

어차피 한계였다. 이치로를 좋아하는 마음은 이미 억누를 수 없는 상태였으니까. 빵빵하게 부풀어 터질 것 같은 풍선처럼.

그리고 나는 이틀 동안 망설이고 또 망설인 끝에…… 오히려 당당해지기로 했다.

인생 처음이자 마지막으로 부리는 고집이다 생각하고 마음을 털어놓기로 했다.

——이치로와 '연인 수행'을 하고 싶어——

이 마당에 이르러 그런 부탁으로 어물어물 넘긴 자신이 한심하다. 하지만.

이치로는 얼이 빠져서도 "으, 응……" 하고 똑똑히 대답해 주었다. 어렴풋이 여자라고 알면서 신경 써 준 듯한 말도 했다.

그러니까 다시 말해 아마도—— 승낙해 준 것이다.

'놀이'라곤 해도 내가 꿈꿨던 이치로의 연인이 되었다!

'용기를 내기를 잘했어…….'

더는 참지 않아도 된다. 이치로 앞에서는 여자아이로 있어도 된다.

그것이 규율에 거스르는 행위이든 알 게 뭐야. 그런 터무니없는 규율 따위 이번 기회에 없애버리면 그만이다.

'사랑도 사명도 양립해보이겠어. 반대로 "사랑의 힘"으로 사람은 강해진다고 증명하겠어! 그리고 언젠가 정말로 이치로의 여자 친구가 될 거니까!'

……내 기합에 압도되었는지 그 이후로【용신】이 폭주하는 일도 사라졌다.

아무래도 완전히 지배하에 두었는지 완전히 말 잘 듣는 아이가 되었다. 여기에서만 하는 이야기지만, 나는【용신】을 은밀히 '론땅'이라고 부르고 있다.

이제 히노모리 류가에게 두려울 것은 없다. '나락의 사도' 따위 남기지 않고 때려부쉬 주겠다.

지금의 나에게 걱정거리가 있다면, 단 한 가지──.

'이치로는 장남인데 데릴사위가 되어도 괜찮을까.'

이 세계를 수호하는 히노모리 가문이 단절하는 건 아무래도 안 될 일이라고 생각하니까.

제3장 어디를 가나 플래그투성이

1

류가가 여자라고 판명된 그 이튿날.

그녀는 아주 건강해져서 학교에 나왔다.

평소처럼 산뜻한 미소를 지으며 나에게 "안녕" 하고 인사하고 그대로 발걸음도 가볍게 창가 맨 끝의 자기 자리로 갔다. 웬일로 콧노래까지 부르고 있다.

오늘 아침 류가 자리 주변에는 이미 유키미야, 아오가사키, 엘미라가 모여 있다. 류가가 등교하는 걸 사전에 통보받은 모양이다.

"히노모리 군, 이제 감기는 괜찮아요?"

"응. 시오리, 걱정 끼쳐서 미안."

"이것 참, 컨디션 관리도 무예가의 소양이다."

"충고 고마워, 레이 선배."

"걱정 끼친 벌로 츄릅 하고 빨아 드리죠."

"과, 관둬 엘! 여기서는 위험해."

세 사람은 여전히 류가를 두고 티격태격한다. 히로인의 길이 단절된 것도 모른 채로.

……얼핏 보면 아무것도 달라지지 않은 익숙한 광경이다. "이런 이런" 하고 쓴웃음 짓는 류가를 보면 어제 일이 거짓말처럼 여겨지기까지 한다.

그러나 더는 현실 도피 할 수 없다. 그게 진짜 히노모리 류가다.

어제 갑자기 교복 바지에서, 가져온 미니스커트로 갈아 입은 소녀.

그 뒤 앞치마를 두르고 무슨 이유인지 된장국을 끓여 준 소녀.

돌아갈 때에 "이제 여자아이 데이터는 모으지 말 것"이 라고 요구한 소녀.

그리고 "그 대신에 내 진짜 스리 사이즈를 알려줄게"라 며 귓속말한 소녀.

──저기 있는 소녀가 바로 그 인물이다. 절대로 쌍둥이 나 꼭 닮은 사람이 아니라 동일 인물이다.

'어쩌면 좋지……'

메인 캐릭터들을 방치하고 나는 내 자리에서 앞으로의 일을 생각했다.

내 입장은 지금 무척 불안정한 상황이다.

나는 류가가 여자애라는 사실을 알아 버렸다.

그리고 그런 류가에게 세미남친이 되어 달라고 요청받 고 말았다.

게다가 흘러가다 보니 그러기로 결정이 난 것처럼 되었다.

히로인들조차 모르는 비밀을 쥔 데다 또 다른 비밀까지 만드는 결과가 되었다.

'하다못해 여자로밖에 보이지 않는 남자였다면 얼마나

좋았을까…….'

　그런 캐릭터를 사람들은 '낭자애'라고 부르는 듯하다. 하지만 유감스럽게도 류가에게는 틀림없이 가슴이 있다. 본인이 인정한 E컵이.

　역시 진짜 '여자애'인 거다. 그는 그녀이고, 게다가 반쯤 나의 그녀가 되어 있다.

　……역시 이건 받아들일 수 없다. 물론 류가는 좋아하지만 그건 '존경이나 동경' 같은 감정에 가깝다. 여자애로 본 적은 한 번도 없었고, 태연히 어깨동무를 하거나 같은 캔의 주스를 나눠 마신 사이다.

　친구 캐릭터로서의 마이너 체인지는 그나마 허용 범위였지만 '주인공의 연인'이 되면 이야기의 차원이 다르다.

　설령 임시 애인이라 해도 그 포지션은 이미 메인 캐릭터 중 한 사람이다. 아니, 중요 인물이다. 등장인물 소개란 정도가 아니라 애니메이션이라면 오프닝에 나올 기세다.

　'그런 중요한 역할을 내가 해낼 수 있을까? ……절대로 무리다. 그건 내 스스로 가장 잘 알아.'

　코바야시 이치로라는 인간은 여주인공의 상대로는 심하게 미스 캐스팅이다.

　주인공이 좋아하는 사람은 호청년이자 미청년이어야 한다. 바로 류가가 연기해 온 듯한 쿨하면서 양식적인 인물상이 요구된다.

　지금까지 실컷 '가슴'이니 '팬티'니 떠들던 남자에게 그런 포지션을 맡겨서는 안 된다.

'애초에 왜 나 같은 걸 유사 남친으로 고른 거야……. 여자로서 류가는 아무래도 변변찮은 남자에게 끌리는 타입인 모양이군.'

그런 내 마음을 무시하고 류가와 히로인들은 여전히 노닥거리고 있다. 여자끼리.

"있잖아요 히노모리 군. 이번 주 일요일 시간 있어요? 또 함께 영화라도…….""

전·히로인 후보 유키미야 시오리가 우물쭈물하면서 류가에게 묻는다.

"다음은 나랑 데이트할 차례지. 주말부터 백화점에서 검도 전시가 개최되는가봐. 보러 가지 않겠어, 류가."

전·히로인 후보 아오가사키 레이가 곧바로 거기에 제동을 걸었다.

"아뇨. 류가는 저랑 '가장 무서운 공포영화는 무언가'에 대해 이번에야말로 밤새워 이야기를 나눠야 해요."

전·히로인 후보 엘미라 매카트니도 당연히 끼어들었다.

어쩐지 세 사람에게도 미안한 마음이다. 이제 그녀들의 사랑은 무슨 짓을 해도 이루어지지 않는다. 류가가 원하는 사람은…… 나니까.

그러는 사이에 수업 종이 치고 히로인들은 마지못해 해산했다.

이제 나도 류가의 인기에 일일이 소란을 떨지 않는다.

"모두와는 그냥 친구니까"라고 류가가 끈질기게 설득했다. 그야 그렇다, 여자끼리니까.

'시간을 되돌리고 싶어……. 1학기 초반쯤부터 다시 시작하고 싶어…….'

얼마 안 있어 담임인 미네기시가 나타나 조례를 시작한다. 그때 내 휴대전화에 메시지가 왔다. 류가가 보낸 메시지다.

'괜찮아. 이번 주 일요일은 이치로랑 보낼 생각이니까!'

나는 머리를 감싸 쥐었다.

'오늘은 우리 집에 와. 좀 이르지만 수행에 함께해 줘! 공주님 안기나 머리 쓰담쓰담 등등 하고 싶은 일이 잔뜩 있거든! 그리고 여동생과 친해지면 좋겠고, 언젠가는 부모님께도 소개──.'

휴대전화를 든 내 손이 떨렸다.

여자아이라고 밝힌 이후로 류가의 메시지 문장은 아주 길어졌다. 게다가 어제오늘만 벌써 스무 통이 넘는다.

멋있고 점잖던 그 녀석은 어디로 가버린 걸까.

내가 반한 히어로 · 히노모리 류가는 이제 돌아오지 않는 걸까.

"이것 봐, 이치로. 짜자~안."

방과 후. 강제로 히노모리 집으로 연행된 나는 간호사 차림의 류가와 대면하고 있었다.

주사기까지 든 철저함에, 치마 길이는 엄청 짧다. 무릎

밑까지 올라오는 새하얀 양말에 감싸인 두 다리는 날씬하면서도 적당히 살이 있어 대단히 건강하고 선정적이다. 풍만함이 강조된 가슴 부분에 '히노모리'라는 명찰까지 달려 있었다.

……당연히 이건 코스프레다. 류가가 통판으로 샀다는 '여자아이 변신 세트'이다.

참고로 벌써 이걸로 세 번째 옷이다. 유카타, 차이나드레스 다음 간호사였다. 옷장 안에는 아직도 많은 의상이 있다고 한다.

극비 컬렉션을 아는 사람은 여동생인 쿄카뿐…… 억압받은 여자 마음이 설마 이런 형태로 나타났을 줄은 생각지 못했다.

"코바야시 니~임, 오늘은 어디가 편찮으세요오?"

"음…… 감기에 걸려서."

"어머나 큰일이야! 바로 수술해야 해!"

"아뇨, 단순한 감기입니다."

"우선 눈에 쌍꺼풀을 만들까요."

"안 만듭니다."

"그럼 눈썹을 정리하죠. 조금 두꺼운 것 같으니까."

"내버려 두십시오."

한참 그런 콩트에 동원되었다.

나는 대체 뭘 하는 걸까. 어느새 우리는 얼빠진 소리를 하는 사람과 지적하는 사람이 뒤바뀌게 되었을까.

……다행히 오늘 패션쇼는 세 번째 옷으로 끝났다.

류가는 흡족해하며 "아아, 즐거웠어"라면서 내 옆에 앉았다. 무릎을 가지런히 하고 다리를 가지런히 옆으로 모아 앉는다……. 이제 앉는 법까지 여자애다.

'……진정이 안 돼.'

류가의 방은 상당히 넓다. 면적이 학교 교실 정도는 되지 않을까. 덤으로 바닥은 다다미고 문은 맹장지를 바른 일본 전통 사양이다.

유서 깊은 집안이라 그런지 히노모리의 집은 예스러운 양반집 같은 저택이다. 우리 집 정도는 정원에 쏙 들어갈 것이다.

이 집에 여동생과 단둘이 살다니 엄청난 사치다. 류가의 말로는 "시오리 집은 우리 집의 열 배는 크다"고 하지만.

'네 번째 오지만 오늘은 특히 진정이 안 돼…….'

그 이유는 명백하다. 류가가 딱 달라붙는 탓이다.

이렇게나 공간이 넓은데 어깨와 어깨가 맞닿을 정도로 붙어서 손까지 쥐는 탓이다.

고백한 뒤로 단둘이 되자마자 류가의 스킨십이 격해지는 것은 나에게 심각하게 걱정될 사항이었다.

현관에서 방까지는 공주님 안기로 가야 했다. 방석을 준비해 주었을 때에는 머리 쓰담쓰담을 요구해 왔다. 이것 또한 줄곧 '남자'로 살아온 반동일까…….

"있지, 이치로. 다음은 어떤 의상이 보고 싶어?"

내 어깨에 머리를 톡 얹으면서 류가가 애교 섞인 목소리로 묻는다.

"이거 말고도 메이드랑 치어걸, 선수 수영복 같은 게 있어. 리퀘스트 없어?"

"그럼 갑옷 입은 무사를……."

"없어. 귀엽지도 않고!"

"미식축구 선수를……."

"왜 갑옷 계열만 있는 거야! 용맹스러운 건 금지야!"

볼을 뽀로통하게 부풀리고 나에게 꿀밤을 때리는 간호사 류가. 얼핏 보면 귀여운 행위지만 이 녀석의 꿀밤은 머릿속까지 울린다. 역시 전투 대가답다.

'그런데 이거 정말로 단순히 "연인 놀이"이겠지……. 그런 것치고는 너무 끈적거리지 않나? 계속 이러다가 거짓말이 진짜가 되어 버리는 건…….'

히어로놀이를 하다 진짜로 싸움이 나는 일은 곧잘 있다. 진심이 되어 버릴 위험은 류가에게도, 그리고 나에게도 '절대로 없다'고 단언할 수 없다.

왜냐하면 이 녀석, 새삼 여자로 보니…… 상당히 내 취향이다——!

'바, 바보 같은 생각하지 마. 번뇌를 끊는 거야! 보살이 되는 거야!'

열심히 자숙하고 있는데 내 팔에 류가가 꼭 매달린다. ……닿았다. 꾸욱꾸욱 나를 누르고 있다. 원래대로라면 내가 엄청 좋아하는 물건이. 큭, 진정해 내 하반신!

"……그러고 보니 이치로. 전에 노래방에서 나한테 말했지."

"으, 응?"

"나한테 뭔가 숨기고 있지 않아? 라고. 그건…… 어떤 의미였어?"

그러게 물어도 '정해진 질문이었으니까'라는 대답밖에 할 수 없다. 친구로서 예리한 일면을 연출하고 싶었을 뿐이라 류가가 대답했다면 오히려 곤란했다.

그러나 결국 나는 전투를 훔쳐보다 들켜서 류가의 사정을 듣는 꼴이 되었다.

지금 생각해 보면…… 그 말이 플래그가 되어 버린 감은 부정할 수 없다.

"나, 생각했는데…… 이치로는 그때 이렇게 말하고 싶었던 거 아닐까. '이제 그만 여자아이라고 털어놓고 나랑 사귀지 않을래?'라고."

"엉?"

"그 뒤에 교실에서 이런 말도 했지. 네가 하고 싶을 때까지 말할 필요는 없다고. 그건 '나는 언제까지나 기다릴 테니까'란 의미였을까? 같은 거……."

아니야. 아니야. 그거 아니야.

그건 의역하면 '나에게는 영원히 말하지 마'라는 의미였다.

"시간이 걸려서 미안. 하지만 앞으로는 계속 함께할 거니까."

"아니, 저기."

"부모님도 언젠가 확실히 설득할게. 나는 히노모리 가문의 적자로서 반드시 아이를 낳아야 해. 어찌 되었든 결혼은 해야 해. 그 상대 정도는 스스로 골라도 될 거야."

"결, 호……!"

무겁다. 이야기가 무거워, 류가 씨. 다시 말하는데 이거 정말로 수행인 거지?!

"나, 프랑스의 샹보르성이 좋아."

"뭐, 뭐가?"

"신혼여행."

……그로부터 얼마 지나지 않아 나는 낙담한 채 히노모리 저택을 뒤로했다.

마침 문을 나섰을 때 집에 돌아온 쿄카와 마주쳐 "괜찮으면 저녁 먹고 가지 않으시겠어요?"라는 말을 들었다.

명랑하게 웃는 양 갈래 머리 소녀의 부탁을 정중하게 사양한다. 아직 천진하지만 류가와 닮아 무척 단정한 얼굴의 여동생이다.

"언니…… 가 아니었지, 오빠한테 이야기는 들었어요. 행복하게 해 주세요. 코바야시 오빠."

그날 밤.

나는 어째서인지 거대한 목도리도마뱀에게 끝없이 쫓기는 꿈을 꾸었다.

2

그 후로도 나와 류가는 수업이 끝나면 밀회를 거듭했다.

밀회 장소는 기본적으로 류가의 집. 남의 눈을 피해 딱 달라붙어 있기 위해서고, 패션쇼를 하기 위해서이기도 했다.

어떻게든 해야 한다── 그건 알지만 대책이 전혀 떠오르지 않는다. 대책은커녕 세일러복, 학교 수영복, 미니스커트 산타 등의 류가를 보는 사이에 어쩐지 코스튬 플레이를 기대하는 자신이 존재했다.

여주인공이 되어서도 류가의 매력은 변함없다. 오히려 가슴 분량만큼 늘어난 느낌이다.

'안 돼! 인정하지 마! 류가를 여자로 의식하지 마! 역시 남자친구 역할은 때려치우자! 늦기 전에 어떻게든 하는 거야!'

며칠 동안 이것저것 고뇌한 결과.

나는 먼저 '류가가 환멸을 느껴 원래 관계로 돌아가는 작전'을 실행하기로 했다.

작전 내용은 이름대로. 먼저 내가 꼴사납고, 추잡하고, 구제할 길 없는 모습을 보여 류가에게 빈축을 산다. 그런 다음에 다시 조금씩 다가가서 친구 포지션으로 복귀한다……는 것이다.

'잘 봐 류가. 내가 얼마나 비열하고 추잡한지를 뼈저리게

느끼도록 해 주마!'

단 이 작전에는 한 가지 커다란 구멍이 있었다. 곰곰이 생각해 보면 '그건 지금까지의 나잖아'라는 점이다.

아니나 다를까 작전은 실패했다. 류가에게는 통하지 않았다.

"류가, 암표범 포즈 해 줘."

"응."

"류가, 겨드랑이 냄새 맡게 해 줘."

"응."

"류가, 하이힐로 밟아 줘."

"응."

아무리 열심히 마니악한 수행을 부여해도 류가 역시 열심히 응했다. 즐기는 것 같았다.

결말이 나지 않아서 작전을 중지했을 때, 나는 자신이 무덤을 팠음을 깨달았다.

'아차…… 이래서는 완전히 남자친구잖아! 완전 들뜬 남자친구잖아!'

이렇게까지 해 놓고서 새삼 '좋은 친구로 지내자'는 말 따위 할 수 없다. 그런 소리를 하면 나는 '나락의 사도'급 악당이 되고 만다.

참고로 그 '나락의 사도'는 최근에 도통 나타나지 않는다. 이럴 때에만 조용해지다니…… 정말로 용서하지 못할 놈들이다.

덕분에 류가는 전투 장면보다 코스튬 플레이 장면이 많아졌다.

이 건에 대해서 꼭 【용신】에게 견해를 여쭙고 싶었다. '너의 숙주, 최근에 너보다 폭주 기미야. 괜찮겠어?'라고. 그런데——.

"안심해 이치로. 론땅이라면 내가 완전히 길들였으니까."

"규삐!"

어느새 【용신】도 함락당했다.

이제는 류가의 뜻대로 자유자재로 실체화가 가능한 상태까지 발전했다.

게다가 숙주의 이미지를 반영했는지 평상시에는 코믹컬한 꼬마 용 모습이다. 류가의 어깨에 톡 올려놓은 그 모습은 그야말로 지우와 전기쥐 같다.

'이럴 수가……'

이제 그른 건가. 나는 이대로 세미남친 포지션으로 굳는 수밖에 없는 건가? 쁘띠 성형으로 쌍꺼풀을 만드는 수밖에 없는 건가? 이 이야기는—— 대체 어디로 향하려는 거지?

내 마음에 무겁게 드리운 불온한 먹구름.

하지만. 그 시점에서의 나는 사실은 아직 밑바닥은 아니었다.

설마 그 이상의 최악의 상태가 기다릴 줄은…… 당연히

예측하지 못했다.

어느 목요일에 생긴 일이다.

그날도 나는 류가와 '아이돌&아이돌을 따라다니는 팬' 콘트를 하고 히노모리 저택을 나오는 참이었다.

이미 드문드문 가로등이 켜진 해 질 녘의 한적한 골목. 그곳을 터벅터벅 어깨를 늘어뜨리고 걸어간다.

……오늘도 휩쓸린 채 깨를 쏟고 말았다.

미래의 아이에게 붙일 이름으로 가볍게 말다툼까지 해버렸다. '평범한 이름이 좋다'는 류가의 주장과 '개성적인 이름이 좋다'는 나의 주장이 부딪혔다.

'뭐 하는 거야 나는! 점점 관계가 리얼해지고 있잖아!'

돌아가는 길에 자기혐오. 그것이 일상이 된 자신이 한심하다.

포기해도 되는 건가. 나의 '친구 캐릭터'를 향한 열정은 겨우 이 정도였나. 과거에 실험 대상으로 삼은 이시다에게 뭐라고 사죄할 생각이지?

'환멸받는다는 발상 자체는 나쁘지 않아. 수단이 틀렸지. 류가는 지금까지의 내가 좋았던 거니까 반대로 미남에 미치도록 성실한 캐릭터가 되면…….'

그런 생각을 하면서 작은 공원 앞에 접어들었을 때.

울타리 너머로 보인 공원 안 벤치에 앉아 있는 한 소녀가 내 눈에 보였다.

"어, 유키미야."

전·히로인 후보인 유키미야 시오리였다.

아직 집에 가지 않았는지 교복 차림 그대로다. 긴 머리
카락이 바람에 살랑살랑 나부끼는 상태로 멍하니 무슨 생
각에 잠겨 있다.

"……아, 코바야시 님."

내 목소리에 반응하고 유키미야가 이쪽을 바라본다.

말을 건 이상 그냥 지나치는 것도 마음에 걸린다. 나는
하는 수 없이 울타리를 넘어서 유키미야의 정면으로 돌아
갔다.

"무슨 일이야, 혼자 이런 곳──."

거기서 나는 말을 멈추었다.

그녀의 무릎 위에 한 마리 길고양이가 몸을 둥글게 말고
있는 것을 알아챘기 때문이다.

"고양이?"

"이 아이, 뒷다리를 다쳤어요. 그래서 치유를."

유키미야 시오리는 '축명의 무녀'──치유의 이능력을
지닌 소녀이다.

그녀의 집안은 오래전부터 그 힘을 계승해 온 일족이라
고 한다. 단 무녀인 만큼 여자만이 이능력을 지니고 태어
난다. 그나마도 몇 세대에 한 사람 정도의 확률이라는 것
같다.

분명히 아오가사키나 엘미라의 능력도 유전에 따른 것이었다. 역시 메인 캐릭터 자리를 유지하려면 혈통과 가계가 중요한지도 모른다.

"길고양이를 치료해준 거야? 역시 유키미야는 상냥하구나."

"저는 서포트밖에 할 수 없으니까."

미소 지으면서도 자조 섞인 대답을 하는 유키미야. 어쩐지 평소의 그녀답지 않다.

점점 더 그냥 두고 가기 어려워지고 말았다. 이제 유키미야는 류가의 것이 아니니까 조금쯤 얽혀도 괜찮겠지.

"내 멋대로 하는 억측이라 미안하지만…… 혹시 전투에서 자신의 포지션 때문에 고민하는 거야?"

"……코바야시 님은 예리하시네요."

길고양이를 상냥하게 쓰다듬으면서 유키미야가 다시 활짝 웃었다.

역시 학교의 아이돌. 쓴웃음도 대단히 우아하다. 남학생 다섯 명 중 한 사람이 반하는 것은 허세가 아니다.

한동안 침묵 뒤. 이윽고 유키미야는 작게 한숨을 먼저 쉬고 이야기를 시작했다.

"제게는 히노모리 군은 물론이고 레이 님이나 엘미라 님 같은 전투력이 없어요. 다소는 신체 능력을 강화할 수 있지만 도저히 사도에 맞설 수준은 아니라서…… 그래서 전투에서도 도움받는 일이 많아요."

그러고 보니 하천부지에서도 문어형 사도에게 붙들렸었지. 그건 그거대로 빼놓을 수 없는 역할이라고 생각하지만.

"그래서 최근에 자주 고민해요. 제가 도움이 되고 있는 건가. 어쩌면 모두의 발목을 잡는 건 아닌가."

"유키미야는 사도의 움직임을 둔화시킬 수 있잖아."

"그런 힘을 쓸 것도 없이 다들 사도를 쓰러뜨릴 수 있습니다. 특히 히노모리 군은 스스로도 치유할 수 있고…… 저 같은 건 없더라도……."

무릎에서 잠든 길고양이와 마찬가지로 유키미야도 점점 등을 웅크린다.

……그런가. 그녀도 고민하고 있는 건가. 자신의 위치에. 역할에.

어쩐지 남 일 같지 않다. 괜히 더 힘을 북돋아주고 싶어진다.

"있잖아 유키미야. 너희가 어떤 사도에게도 승리할 수 있는 건 그만큼 공격에 전념할 수 있기 때문 아닐까?"

"…………."

"다시 말해서 부상당했을 때는 네가 있다는 안심감이 큰 것 아닐까?"

"하지만 치유라면 히노모리 군도."

"류가의 치유는 네 치유만큼 우수하지 않아. 게다가 자신에게밖에 발동하지 않잖아. 지난번에 그 녀석이 직접 말했어. '치유에는 집중력이 필요해. 틈이 생기니까 전투 중에는 되도록 쓰고 싶지 않아'라고."

그건 사실이다. 자신에게도 잘하고 못하는 능력이 있는데 치유는 가장 다루기 어려운 능력이다…… 류가는 진지한 얼굴로 그렇게 이야기했다. 짧은 체육복 차림으로.

"잘 들어 유키미야. 사람에게는 저마다 역할이란 게 있어. 네가 전선에 나갈 필요는 없어. 그렇다고 해서 전투에 필요하지 않은 것도 아니야. '전투력'과 '전력'은 같은 말이 아니니까."

"그래도……."

"네가 후방에 있어 준 덕분에 동료들은 부상을 신경 쓰지 않고 싸울 수 있어. 만약 일반인이 휘말리더라도 네가 있으면 맡길 수 있지. 다시 말해 유키미야 시오리라는 존재는——'치유'라는 육체적인 면뿐만 아니라, '안심'이라는 정신적인 면에서도 류가를 지원하고 있는 거야!"

나는 대체 무슨 말을 하고 있는 거야……. 마음속으로 자신에게 그렇게 핀잔을 주었지만 유키미야는 잠자코 내 말에 귀를 기울여 주었다.

"자신감을 가져 유키미야. 너는 '축명의 무녀'……. 생명을 축복하는, 자애의 능력자야. 멋진 힘이잖아!"

"코바야시 님……."

"서브 역할을 우습게 봐서는 안 돼. 너를 평가하는 사람은 분명히 있어. 적어도 여기에 한 사람."

그렇게 말하자 그쯤에서 유키미야가 느닷없이 쿡 하고

웃었다.

좀 지나치게 열변했다. 조역 이야기가 되면 나도 모르게 힘이 들어가 버린다. 애초에 그녀는 메인 캐릭터이니까 활약하고 싶은 것은 당연하다.

"미안 유키미야. 내가 너무 잘난 체하며 말을 많이——."

"히노모리 군도 그런 말은 해 주지 않았어요."

"으엉?"

유키미야의 생각지도 못한 대답에 나는 이상한 가성을 내고 말았다.

그 순간에 길고양이가 벌떡 일어났다. 유키미야의 무릎에서 통 하고 뛰어내려 그대로 달려간다.

"후후. 저 아이도 저랑 마찬가지로 기운이 난 것 같습니다."

유키미야가 벤치에서 일어나 나를 똑바로 바라보았다.

후련해진 표정이니 힘을 북돋아주는 데에는 성공한 것 같지만…… 어째서인지 분위기가 이상하다. 기분 탓인지 주변에 분위기 있는 BGM이 흐르는 것 같았다.

"코바야시 님, 감사합니다. 그러네요. 저에게는 저의 역할이 있어요……. 코바야시 님 덕분에 내일부터 다시 힘낼 수 있을 것 같습니다."

"아, 아아. 그거 다행이네."

"저는 당신에 대한 인식이 크게 바뀌었습니다."

"아니, 그건 착각이야."

"아뇨. 히노모리 군이 당신을 신뢰하는 마음, 지금이라면 백번 이해합니다. 코바야시 님은 저 같은 사람보다 훨씬 서포트를 잘하는 분이세요."

"저기 그럼 나는 이쯤에서……."

"혹시 괜찮다면 앞으로도 상담을 해주실 수 있을까요."

꾸벅 인사를 하면서 말도 안 되는 말씀을 하시는 유키미야. 남의 이야기를 듣지 않는 무녀다.

"코바야시 님의 말에는 신기한 포용력이 있습니다. 틀림없이 그것은 자애의 마음…… 제 능력의 원천이기도 한 순백의 정신입니다."

"아, 아니……."

큰일이다. 분위기를 타고 너무 얽혔다. 또 무덤을 파고 말았다!

"기, 기다려 봐 유키미야. 너는 지친 거야."

"앞으로도 지도 편달 잘 부탁드립니다. 다만, 되도록 이 이야기는 둘만의 비밀로…… 다른 분들에게는 약한 모습을 보이고 싶지 않으니까요.

"나도 모르는 편이 좋다고! 나야말로 모르는 편이 좋다고!"

"코바야시 님이라면 괜찮습니다. 당신에게라면 허세 부리지 않고 뭐든 이야기할 수 있을 것 같습니다. 저—— 어떻게 된 걸까요."

유키미야의 볼이 살며시 붉게 물들었다.

어이! 너 좀 쉽다! 팬이 줄어든다고! 동료의 멘탈을 지켜주는 주제에 내 멘탈만 박박 깎아먹지 말라고!

'위험해. 이대로는 밀회 상대가 늘어나 버릴 거야……!'

류가뿐만 아니라 유키미야와도 비밀을 가져 버렸다가는 이제 내 폭주는 제지할 수 없어진다. 그보다 까딱하면 류가에게 매장당할 것이다.

어쩌지? 이 자리에서 '가슴 최고! 핫하――!'라고 날뛰어 볼까? 그걸로 유키미야의 플래그를 꺾어 버릴 수 없을까?

아니 안 된다. 지금의 나는 '여주인공의 세미남친'이다. 적어도 그동안에는 변태 행위를 자중해야 한다.

이렇게 되면 이전처럼…… 또 궤도 수정을 꺼내는 수밖에 없다.

"저기 유키미야. 역시 방금 전 대목은 없었던 일로 하지 않을래?"

"안 됩니다. 이제 코바야시 님은 저의 전속 어드바이저 님입니다."

"너에게는 세바스찬이 있잖아!"

"세바스찬은 지난주부터 복통으로 쉬고 있습니다."

"틀림없이 네가 뭔가 먹였지! 아무튼 나는 남의 상담을 할 때가 아니야!"

"물론 이기적인 요구인 것은 이해합니다. 그래서 사죄와 감사를 겸해 코바야시 님께는 제 특제 비프 스트로가노프를."

"그게 세바스찬의 복통의 원인이다!"

"그래도 저까지 먹으면 안 됩니다? 우후후."

"그거 그만하래도! 오히려 너는 그 개성에 대해 고민을 좀 해!"

그 후. 나한테서 억지로 휴대전화 번호와 메일주소를 따낸 유키미야는 발걸음도 가볍게 룰루랄라 가버렸다.

나는 유키미야가 있던 벤치에 앉은 채 한동안 이러지도 저러지도 못했다.

'어쩌다 이렇게 됐지⋯⋯.'

사태가 더 안 좋아지고 말았다. 그러지 않아도 류가 일로 머리가 아픈데 자애의 능력자한테도 무자비하게 귀찮은 일을 떠맡고 말았다.

힘없이 바라보는 시선 끝에 길고양이가 느긋하게 세수를 하고 있었다.

3

이튿날 이후. 나의 걱정과 달리 다행히도 유키미야의 호출은 없었다.

아무래도 당장은 고민이 없는지, 고작해야 메시지 한 통 보낸 정도였다. 단 '간밤 꿈에 당신이 나왔습니다'라는 위태로운 내용이었지만.

'유키미야와는 반도 달라. 얼굴을 마주치지 않도록 하면

당장은 피할 수 있을 터…….'

내가 당장 처리해야 할 일은 류가와의 관계를 바로잡는 것.

어떻게든 해서 류가가 환멸을 느끼게 하고 현재의 포지션에서 격하당해야 한다.

하다못해 '이치로는 남자 친구 역할로는 좀 아닐지도' 정도는 생각하게끔 할 것이다.

'추측건대 류가의 취향 타입은 "형편없는 남자"다. 그렇다면 이럴 때는 역시 성실한 쿨 계열로 바꿔야겠지…….
캐릭터가 백팔십도 바뀌어 버리지만.'

──시험 삼아 머리 모양을 칠대 삼으로 갈라 보았다.

그러나 이건 실패였다. 류가가 폭소를 터뜨렸을 뿐이었다.

──이어서 우등생스럽게 안경을 써 보았다.

이것도 역효과였다. 류가가 "안경 쓴 이치로는 신선해서 심쿵했어"라고 했다.

──굴하지 않고 장미를 입에 물고 멋지게 수업을 받아 보았다.

이것도 소용없었다. 선생님이 문제를 내도 장미 때문에 대답할 수가 없어서 교무실로 불려갔다.

'결국 전부 웃기려고 한 것처럼 되어버렸어……. 어렵군.'

시행착오를 하다보니 벌써 주말의 방과 후.

오늘도 히노모리 저택에서 패션쇼&콩트가 기다리고 있다……고 생각했는데 뜻밖에도 류가에게 취소를 통보받았다.

아무래도 쿄카가 열이 나서 간병을 하고 싶다고 한다.

"미안, 이치로. 하지만 역시 쿄카가 걱정돼서……."

"신경 쓰지 마. 지금은 쿄카만 생각해. 그리고 되도록 너자신의 열도 식혀 줘."

"모처럼 바니걸 의상이 도착했는데……."

"바니?! 아, 아니, 그런 소리 할 때가 아니잖아? 쿄카가 완전히 나을 때까지 나랑 무리해서 놀지 않아도 돼."

"응, 그러네……. 부모님도 계시지 않고 내가 곁에 있어 줘야지."

벌써 알고 있었지만 류가는 여동생을 끔찍하게 생각하는 소녀다. 그리고 쿄카 역시 언니를 잘 따르는 소녀다. 무엇보다 류가의 성별 비밀을 아는 몇 없는 존재다.

어릴 적부터 한번도 다툰 일이 없다고 한다. 특수한 환경에서 자라서 유난히 끈끈한 연대감이 있겠지. 자매가 아니라 남매였다면 좋았을 텐데…….

'아무튼 간에 예기치 않게 주말이 비었군.'

쿄카는 걱정되지만 병문안을 가 봤자 신경만 쓰게 할 뿐이리라. 나는 먼저 자신을 걱정해야 한다. 결코 느긋하게 있을 수 없다.

이제 곧 1학기 기말고사가 있고, 시험이 끝나면 여름방학이 찾아온다.

지금의 관계를 유지한 채 류가와 여름 한 철을 보내는 것은 상당히 위험하다.

여름의 여성은 개방적이 되는 법……. 만약 류가가 '좀 더 엄청난 수행을 하고 싶다'는 말을 꺼낸다면 나는 그것을 끝까지 거부할 자신이 없다. 그 정도로 지금의 거리감은 위험하다.

요새는 정말로 걱정된다. 류가는 진심이 아닌가…… 하고.

일요일.

나는 오전에 집을 나와 전철로 옆 동네까지 가기로 했다.

따로 목적이 있는 건 아니다. 굳이 말하면 '아는 사람을 만나지 않는 장소에서 마음 편히 대책을 짜고 싶다'는 이유였다.

오늘은 아침부터 화창하고 기온도 적당하다. 집에서 뒹굴거리기보다 평소와 다른 환경이 기분 전환도 되리라 여겼다.

'스스하마 역에서 내려 볼까. 그곳이라면 사람도 적고, 분명 역 근처에 카페가 생겼었지.'

혹시 몰라 휴대전화는 집에 두고 왔다. 깜빡한 것으로 치자. 오후에는 돌아갈 생각이니 잠시 연락이 되지 않아도 괜찮겠지.

——스스하마 역까지 가자마자 바로 카페로 직행해 아이스라테를 주문한다.

샌드위치도 있으면 좋았을 텐데 케이크와 쿠키밖에 없

어서 포기했다. 외국 자본의 멋들어진 카페는 이런 점이 불편하다.

'하지만 생각보다 손님이 있군……. 역시 일요일에는 이럴 수밖에 없나.'

카운터에서 아이스라테를 받아 북적거리는 가게 안을 가로질러 구석 자리를 확보한다. 정면에는 커다란 유리를 끼운 창문으로 바깥 경치를 바라다볼 수 있다.

'류가는 지금쯤 뭘 하고 있을까.'

당연히 쿄카를 간병하고 있겠지.

아쉽게도 치유 능력은 다쳤을 때밖에 효과가 없다. 설령 유키미야라 해도 병까지 고치지는 못한다.

'그 녀석이니까 틀림없이 바지런히 보살피겠지.'

……그 모습을 상상해 보자 어째서인지 류가는 바니걸 차림이었다. 어미에 '뿅'을 붙여 말하고 있었다.

'토끼 귀도 제대로 하고 있을까. 꼬리는 동그랗고 몽실몽실할까. 류가는 꽤 괜찮은 엉덩이를 가지고 있으니까…….'

그 순간 퍼뜩 정신을 차린다. 그러고는 화들짝 놀랐다.

나는 지금—— 무슨 생각을 했지? 어째서 히죽대는 거야? 어째서 콧구멍을 벌렁거리고 있지?

설마 '류가의 남자 친구'인 자신을 잠재의식에서 받아들이기 시작한 건가? 사냥꾼으로 분장해 류가 토끼를 쫓고 싶다는 생각 따위를 하는 건가?

'아니야! 나는 친구 캐릭터로 돌아가고 싶어! 류가에게 환멸 받고 싶어!'

머리를 쥐어뜯으며 아이스라테를 술처럼 단숨에 비웠을 때.

——내 옆 의자에 한 여성이 앉았다.

손님이 더 늘어난 탓에 여기밖에 자리가 비어 있지 않았던 거겠지. 늘씬한 큰 키에 상당한 미인인 글래머.

'어쩐지 연예인 같은 사람이군……'

보기에 대학생일까. 시폰원피스에 얇은 검은색 카디건을 걸쳐 멋을 낸 차림이다. 뒷머리를 머리집게로 고정하고 유선형 검은 선글라스를 꼈다.

가방에서 엿보이는 것은 외국인모델이 표지인 패션잡지. 어쩌면 이 사람도 모델인지도 모른다. 우아하게 다리를 꼬고 앉은 모습은 그 정도로 완벽했다.

'남자친구라도 기다리나? 이런 사람과 사귀는 남자는 어떤 인종이지. 의대생이라든가? 청년 실업가라든가?'

그런 생각을 하는데 문득 상대방이 나를 흘끔 보았다. 그러고는——.

"!"

무슨 영문인지 숨을 삼키고 볼이 실룩였다.

"코, 코바야시!"

"어?"

그녀의 목소리는 귀에 익었다.

뜻밖에 그 목소리는 비교적 잘 아는 인물의 목소리와 일치했다.

몸을 쑥 내밀고 얼굴을 빤히 관찰한다. 상대가 곧바로 의자에서 일어나려 했을 때 내 확인 작업은 완료했다.

"아오가사키 선배?"

"히익!"

"아오가사키 선배죠?"

"사, 사, 사람을 잘못 봤어!"

그녀가 고속으로 고개를 내젓는다. 동시에 큰 가슴도 출렁출렁 흔들렸다.

"아니, 아오가사키 선배죠. 나를 코바야시라고 불렀잖아요."

"너 따위 몰라! 결단코 몰라!"

"그럼 선글라스 벗어 보세요."

"거절한다! 나는 남 앞에서는 절대로 선글라스를 벗지 않는다!"

"타모리(선글라스가 트레이드마크인 일본의 예능인)도 아니잖아요."

"아무튼 나는 아오가사키 레이라는 사람이 아니야! 그녀와는 캐릭터가 완전히 다르잖아!"

"아무튼 진정하세요. 다들 본다고요."

주위 손님들의 시선을 깨닫고 그녀는 하는 수 없이 의자에 도로 앉았다.

이어서 체념했는지 선글라스를 벗어 테이블 위에 둔다. 드러난 길쭉한 눈은 역시 아오가사키였다.

"그래서 그런 차림으로 뭐하는 거예요."

"……아무것도 안 해."

"누구랑 만나기로 했어요?"

"……혼자다."

"평소와 분위기가 다르니까 목소리를 들을 때까지 몰랐어요."

"어울리지 않는다──고 하고 싶은 거지."

그 말을 하고서 아오가사키가 나를 원망스러운 눈빛으로 힐끗 노려보았다.

"이런 내 모습을 마음속으로는 비웃고 있겠지."

"아니, 안 그래요."

"흥. 웃고 싶으면 웃어."

왜 그러는지 아오가사키는 삐쳤다. 어린애처럼 볼을 뿌루퉁하게 부풀린 채 아이스커피를 빨대로 난폭하게 휘저었다.

……어쩐지 지난번 유키미야에 이어 또 히로인들의 '어울리지 않는' 모습을 보고 만 것 같다.

"알아. 나는 고풍스럽고 엄격한 여검사……. 어차피 너도 옷이라고 하면 교복이나 검도복, 애독서라고 하면 미야모토 무사시의 《오륜서》, 휴일은 도장에서 목검만 휘두르는 검술광이라고 생각하고 있겠지."

"새, 생각 안 해요."

"거짓말하지 마. 다 알고 있어."

한 손으로 턱을 괴고 입술을 삐죽이는 아오가사키.

아는 사람을 만나지 않으려고 동네를 피했는데 오히려 귀찮게 되어 버렸다.

"나도 옷이나 액세서리나 화장 정도에는 흥미가 있어. 서양 음악도 듣고, 인형도 모은다고. 그게 잘못이야? 그게 잘못이냐고?"

코끝이 닿을 것처럼 들이대서 이번에는 내가 고속으로 고개를 저었다.

그녀가 목도를 들고 있지 않아 다행이다. 하지만 그래도 아오가사키는 '참무의 검사'…… 봉 모양 물건이 있으면 진공을 둘러 흉기로 삼는 것이 가능할지도 모른다.

그래서 만약을 대비해 자연스럽게 그녀의 아이스커피에서 빨대를 몰수해 두었다.

"정말이지…… 못 해먹겠군. 이 가게, 소주는 없나."

"아오가사키 선배, 미성년 음주는 그만두세요. 그런 캐릭터가 아니잖아요."

"흥. 이제 겉치레할 필요도 없겠지. 적어도 코바야시에게는."

그때부터 투덜거리듯이 이야기를 꺼낸 아오가사키의 말로는──진짜 그녀는 사실 유행에 무척 민감하고 멋 부리기 좋아하는, 이른바 요컨대 최신 유행파인 듯하다.

다만 주위에서 만든 이미지를 신경 써서 그런 자신을 극력 보이지 않게끔 하고 있다던가. 자신의 길을 가는 타입이라고 생각했는데…… 의외로 분위기를 타는 사람 같다.

"말해 두지만 코바야시, 너에게도 일부 책임이 있어."

"어?"

"나를 볼 때마다 너는 일일이 '아리따운 검사'니 뭐니 떠들어댔잖아. 덕분에 이 캐릭터가 점점 더 정착해버렸어. 오메이 고등학교 여학생만 해도 벌써 서른 명 넘게 러브레터를 받은 상황이야."

확실히 아오가사키를 동경하는 여자애들은 많다. 유키미야가 남자애들의 아이돌이라면 아오가사키는 여자애들의 아이돌이라 할 수 있다.

그리고 그 원인에 내가 한몫했음은 부정하지 않겠다.

"아오가사키 선배의 말씀대로 그 건은 나한테도 책임이 있어요. 사과하고 싶어요."

"그 전에 훔쳐본 건을 사과하지그래."

"아니, 그건…… 그 시점에서 해야 할 이벤트였다고 할까……."

"해야 할 이벤트? 류가는 내켜서 한 것 같지 않던데."

"적어도 나에게는 중대한 일이었어요. 그것만큼은 이해해 주세요."

아오가사키가 팔짱을 끼고 잠시 "흠……" 하고 골똘히 생각한다.

몇 초 뒤, 다시 나를 바라본 안광은 역시 지릴 정도로 날카로웠다.

"⋯⋯다시 말해 너는 그렇게까지 내 알몸이 보고 싶었다고?"

"그게, 보고 싶었다고 할지, 보는 행위 자체를 하고 싶었다고 할지⋯⋯."

"다시 말해 나에게── 여자로서 매력을 느낀다고?"

아오가사키가 이상한 방향으로 물고 늘어진다. 여전히 표정은 기분 나빠보였지만 그 안에 어렴풋하게 기쁜 내색이 흘끔흘끔 비친다.

수상쩍게 여기는 나를 개의치 않고 아오가사키는 자세를 고쳐 앉고 짐짓 콜록 하고 기침했다.

"그, 그런데 코바야시."

"네."

"어디까지나 참고로 묻는다만⋯⋯ 이 옷을 어떻게 생각하지?"

"음, 아주 어울려요. 컬러 센스도 좋고 개인적으로는 가슴 부분의 프릴에 아주 높은 점수를 주고 싶어요."

"그렇지! 나도 이 프릴이 마음에 들어서 산 거다!"

마침내 거리낌 없이 기뻐하는 '참무의 검사'. 물을 만난 고기처럼 눈이 반짝였다.

"그럼 이 머리집게는 어때? 조금 더 눈에 띄는 색으로 해야 했을까?"

"오히려 브라운 계열은 어떨까요. 아오가사키 선배는 머릿결이 좋으니까 그쪽으로 시선이 가게끔."

"그, 그렇군……."

"형태는 리본타입 같은 것도 괜찮을 것 같아요. 아오가사키 선배는 어른스러우니까 악센트가 될 겁니다. 단, 색은 시크하게. 모스그린은 어떨까요."

"흠흠…… 그럼 이 펌프스는——."

그로부터 거의 한 시간 동안 수수께끼의 패션 설법이 이어졌다.

아오가사키는 잇따라 질문을 연발하고 나중에는 메모까지 했다. 정신을 차렸을 때에는 넉 잔째 내 카페라테를 마시고 있었다.

……속죄의 의미로 어울릴 생각이었다. 이런 것으로 벌충할 수 있다면. 이걸로 아오가사키가 기뻐한다면.

그러나. 결과적으로 나는—— 또다시 무덤을 파고 말았다.

"코바야시. 네가 이렇게까지 패션에 정통한 줄은 꿈에도 몰랐어."

"아니, 별로 정통한 건……."

"이런 이야기로 실컷 떠들 상대는 여태껏 한 사람도 없었어. 너와는 앞으로도 꼭 이런 자리를 가지고 싶다."

"엣……."

"그렇지! 내 전속 코디네이터가 되어 주지 않겠나?"

핏기가 가시는 것이 스스로도 느껴졌다.

또 저질렀다! 쓸데없이 플래그를 세워버렸다! 전속 어드 바이저에 이어 전속 코디네이터로 취임하려 하고 있어!

한때 코미야마 군을 반의 패션리더로 만든 경험이 이런 형태로 쓸데없이 활용되다니······!

"있지 코바야시. 새삼스럽지만 다시 한 번 물을게. 이런 나는······ 역시 이상한가?"

"그, 그렇지는, 않지만······."

"정말인가? 그 말에 거짓은 없겠지?"

"평소에 여걸일수록 그런 일면이 있는 법이니까······."

평소에는 남장까지 하지만 코스튬 플레이를 좋아하는 여자애를 나는 잘 알고 있다.

"그렇다면 부탁한다, 이야기 상대가 되어줘! 다른 사람 과는 이런 이야기는 나눌 수 없고 코바야시와는 취미도 맞 을 것 같으니까!"

"저 같은 것보다 류가의 의견을 참고하는 편이······."

"머, 멍청이! 이런 나를 류가에게 보일 수 있겠어! 부끄 럽잖아! 얼굴을 제대로 보지 못하게 되잖아!"

아오가사키가 새빨개져서 양손으로 얼굴을 가리고 도리 질친다. 갭이 있는 건 좋은 일이다만······ 이런 그녀는 보 고 싶지 않았다.

"코바야시, 다음에 같이 쇼핑해 주지 않겠어? 옷을 고르 는데 함께 해 주면 좋겠어."

"아니, 류가와 도검전에 가는 편이······."

"그런 데는 흥미 없어."

없냐.

"그럼 휴대전화 번호랑 메일 주소를 알려 줘. 또 연락할 테니까!"

……이러니저러니 해서 간신히 내가 해방되었을 때에는 벌써 저녁이었다.

결국은 류가에 대한 대책을 세우지도 못하고 또 다른 두 통의 씨앗을 늘리게 되었다.

'왠지 이제 그만 전학하고 싶다.'

어떻게 집에 돌아왔는지 제대로 기억나지 않는다. 정신이 드니 내 방 침대에 엎드려 있었다.

침대 맡에 두었던 휴대전화를 보니 메시지가 세 건 와 있었다. 각각 류가, 유키미야, 아오가사키에게서 온 메시지다.

'이치로에게. 쿄카의 상태가 꽤 좋아졌어! 바니 코스튬 플레이, 기대해 줘!'

'코바야시 님께. 세바스찬이 퇴원했습니다. 축하 선물로 마카롱을 구우려고 하는데 코바야시 님도 어떠세요?'

'코바야시에게. 오늘 고맙다. 알몸은 안 되지만 비키니라면 봐도 돼. 부끄러우니까 파레오(수영복 위에 입는 얇은 치마)를 걸칠 거지만.'

나는 전부 '기대할게'라고 대답했다.

이제 될 대로 되라지.

4

나도 절대 바보가 아니다.

이렇게까지 히로인과의 플래그를 잇달아 세우면 걱정해
야 할 존재가 또 한 사람 있다. 당연히 엘미라 매카트니다.

류가뿐만 아니라 유키미야 시오리, 아오가사키 레이와
도 비밀을 공유하고 만 지금, 나에게 그 뱀파이어는 전율
의 대상이다. 실수로라도 녀석과 얽혀서는 안 된다. 반경
5미터 이내에 접근해서는 안 된다.

'쿄카는 열이 내린 것 같지만 만약을 대비해 아직 학교를
쉬고 있다……. 다 나으면 다시 류가의 코스튬 플레이 쇼
가 재개될 거야.'

그 전에 어떻게 해서든 류가의 비위를 건드려야 한다.
성실한 캐릭터가 되어 정 떨어지게 해야 한다.

여자의 스리 사이즈를 쓴 극비노트는 이미 문서 절단기
에 처박았다. 성인 책과 에로DVD도 처분하고 하드디스크
안의 야한 사진도 삭제했다.

지금의 나는 한시라도 빨리 '깨끗한 코바야시'를 정착시
켜야 한다.

변태 행위, 그리고 엘미라와 얽이는 것…… 그 두 가지
는 절대적인 금기다.

"기다리세요, 코바야시 이치로."

그러나 운명의 사슬은 나를 모른 체하지 않았다.

화요일 방과 후. 우등생 캐릭터의 소품으로 서점에 육법전서를 사러 가려던 때. 교문을 나와 십 분쯤 간 장소에서 누군가 나를 불러 세웠다.

머리카락이 새빨간 저혈압 흡혈귀다.

"엑, 엘미라!"

"엑, 은 뜻밖이네요. 모처럼 충고해드리려고 했건만."

엘미라는 부루퉁한 표정으로 성큼성큼 다가온다.

걸음에 맞춰 불타는 듯한 중간 길이 머리카락도 풍성하게 흔들렸다. 루즈하게 입은 오메이 고등학교 교복도 귀족틱한 그녀에게 걸치자 어쩐지 고급스럽다.

이 녀석은 삼대장 중에서는 가장 개성적이지만 그 미모는 유키미야나 아오가사키에게도 지지 않는다. 그나저나 실제 나이는 몇 살일까.

"추, 충고……?"

"그래. 충고요. 아니, 경고라고 하는 편이 좋으려나."

설마 엘미라는 내가 전·히로인 후보 두 사람과 급격히 가까워진 사실을 알아차린 거 아닌가? '그런 짓을 하면 지옥에 떨어져요'라고 못을 박으러 온 거 아닌가?

인간이 아닌 자를 우습게 보면 안 된다. 유키미야와 아오가사키의 대수롭지 않은 거동으로 나와의 관계를 감지했을 가능성은 있다. 아무리 그래도 류가가 여자란 사실까지는 모르겠지만…….

"자, 잠깐만 엘미라. 아니야. 절대로 내가 바란 게 아니라고!"

"네에? 무슨 말을 하는 거죠?"

미심쩍은 듯이 고개를 갸우뚱하는 엘미라.

어라, 아니야? 옐로카드 꺼내러 온 게 아니야?

멍청한 소리를 하는 나를 개의치 않고 엘미라가 전방을 가리킨다. 그녀를 돌아본 상태의 나에게는 바로 뒤를 가리킨 형태다.

"코바야시 이치로. 이 길을 가는 것은 단념하세요."

"어?"

"이 앞에서 불쾌한 사기가 느껴져요. 나락에서 서서히 배어 나온—— 어둡고 탁한 독기를."

다시 말해 요약하면 '나락의 사도'인가.

최근 도통 뜸했던 이형 괴물이 이 앞에서 기다리고 있다는 뜻인가?

"에, 엘미라. 그게 사실이라면 류가를 부르는 편이 좋지 않아?"

"류가는 지금 여동생의 간병 중이에요. 그리고 사기를 봐서는 그다지 버거운 사도도 아닌 것 같아요. 일부러 모두를 부를 필요는…… 어머나."

그때 엘미라가 가냘픈 어깨를 살짝 움츠렸다.

"떠드는 사이에 저쪽에서 왔어요."

"뭐?!"

허둥지둥 돌아보니 아니나 다를까 한 남자가 이쪽으로 걸어왔다.

정장 차림의 젊은 남자다. 보기에 평범한 회사원으로밖에 생각되지 않는다. 하지만.

'틀려. 인간이 아니야……. 잘 모르겠지만 그것만큼은 틀림없어.'

남자가 다가올수록 형용할 수 없는 압박감이 커진다.

어쩐지 목 뒤가 움찔움찔 뜨겁다. 귀가 윙윙거린다. 마음처럼 숨을 쉴 수 없다. 어느새 나는 온몸에 땀을 흠뻑 흘리고 있었다.

생각하면 이만큼 가까이에서 사도와 대면하기는── 처음이었다.

"안녕하세요 사도 씨. 일부러 퇴치당하려고 오다니 기특한 마음가짐이에요."

엘미라가 앞으로 나아가 나를 감싸듯 선다. 역시 썩어도 메인 캐릭터다. 그녀는 일반인을 지켜 주는 정의의 뱀파이어다.

그것을 보고 우리에게서 5미터쯤 거리를 두고 남자도 걸음을 멈추었다.

감정이 없는 눈동자로 한동안 이쪽을 관찰한다. 사냥감을 품평하는 육식동물 같았다.

"──시도라(死弩羅)다."

이윽고 남자가 나직한 목소리로 웅얼웅얼 이름을 댔다. 어째서인지 '나락의 사도'들은 다들 폭주족 같은 이름을 하고 있다.

"기억해 둬. 자신들을 먹을 자의 이름을!"

다음 순간. 남자의 몸이 비대해졌다.

찌익찌익 하고 소리 내며 양복이 찢어지고 3미터는 될 법한 털북숭이 거구로 변모한다. 귀까지 찢어진 입으로는 하늘을 향해 한 쌍의 엄니가 기립해 있었다. 이족보행이기는 하지만 아무래도 멧돼지형 사도인 것 같다.

인적이 없는 골목에 사도의 거칠고 사나운 소리가 울려 퍼진다.

"엘미라 매카트니! 사람이 아니면서 인간 편을 드는 어리석은 여자여! 네놈이 혼자가 되기를 기다렸다!"

"저 혼자면 쓰러뜨릴 수 있다고 생각했나요? 얕보였군요."

엘미라의 빨간 머리카락이 스르륵 일렁인다. 그와 동시에.

다시 강렬한 압박이 내 몸을 내리쳤다. 사도의 사기를 훨씬 웃도는 데다 고열을 띤 투기(?)였다.

'여, 역시 이 녀석도 인간이 아니었어!'

주위의 기온이 단숨에 올라간다. 아지랑이처럼 공기가 일그러지고 세차게 부는 바람이 드라이어처럼 뜨거워진다. 내 가방도 고기만두처럼 뜨끈뜨끈해졌다.

……이게 엘미라의 전투 모드.

네가 이렇게 대단했었나. 단순히 잠보 캐릭터가 아니었나.

"큭, 엄청난 오라…… '상암의 혈족'이란 이토록 위험한 존재였나……!"

나 못지않게 멧돼지 사도도 기가 죽었다.

위세 좋게 정체를 드러낸 것까지는 좋았지만 일찌감치 표정에서 여유가 사라졌다. 엘미라의 힘을 잘못 파악했나.

"시도라 씨라고 하셨던가요? 당신에게 판결을 내리겠어요."

엘미라가 천천히 걸어간다.

"그러네. 역시 이럴 때는 화형일까. 나의 업화로 노릇노릇하게 구워, 드, 리……."

그런데 그 순간. 엘미라가 좌우로 흔들흔들 비틀거렸다.

이어서 쿵 하고 무릎을 꿇고 땅바닥에 주저앉아버린다. 발산하던 열과 압력도 빠르게 사라져 갔다.

"에, 엘미라?! 무슨 일이야!"

"크, 큰일에요……."

"뭐가?"

"피가 부족해요……. 그러고 보니 요즘 류가를 빨지 못했으니까……."

"뭐……!"

이게 무슨 일이람. 이런 타이밍에 엘미라가 배터리가 나가 버렸어!

엘미라가 조종하는 불꽃은 혈액이 에너지원이다. 피를

빠는 게 손쉬운 보급인 듯하지만 그녀는 그것을 류가에게 금지당했다. 그 대신에 자신의 피를 빨아도 된다고.

엘미라는 약속을 성실하게 지켜 요즘 자신의 혈액만으로 에너지를 조달해왔으리라. 그리고 지금, 강력한 불꽃을 내려다가…… 빈혈을 일으켰다.

'내가 요새 류가를 독점한 탓에…….'

류가도 류가지 피를 주는 것을 깜빡한 것 같다. 나한테만 빠져 있느라 엘미라를 위한 보급을 깜빡한 거겠지.

설마 내 캐릭터가 궤도를 벗어난 폐해가—— 이런 곳에서 나올 줄이야.

"크, 크크크…… 왜 그러지? '상암의 혈족'이여."

상황을 감지한 시도라가 금세 기세를 되찾는다. 정말 약삭빠른 사도다.

"아무래도 컨디션이 나쁜 것 같군. 지금의 너를 죽이는 일 따위 식은 죽 먹기다!"

"코, 코바야시 이치로…… 도망치세요."

여전히 일어서지도 못한 채 엘미라가 신음하듯이 명령했다.

"잠시 시간 벌기라면 할 수 있어요……. 그 사이에 당신은 도망쳐서 류가에게 연락, 을……."

안 된다. 그러면 엘미라가 당한다. 내가 간접적인 원인이다.

'그렇게만은 할 수 없다. 이런 간부급도 아닌 것 같은 놈

에게 메인 캐릭터를 잃을까보냐!'

그렇게 생각했을 때에는 내 몸은 이미 움직이고 있었다.

재빠르게 류가에게 메시지를 보내고 그 자리를 박차고 달린다. 아까와는 반대로 엘미라 앞에 보호하듯이 서서 멧돼지 사도와 대치한다.

"뭐, 뭐하는 거예요 코바야시 이치로. 빨리 도망치세요……!"

"여기는 나에게 맡겨!"

엘미라의 권고를 각하하고 나는 사도를 강하게 노려보았다.

그 거리, 불과 2미터도 채 되지 않는다. 솔직히 말해서 죽을 것 같았다. 스무 명의 양아치에게 둘러싸였을 때에도 이렇게 긴장하지 않았다.

"뭐야 네놈. 먼저 먹히고 싶으냐."

시도라의 흉악한 눈이 번뜩이며 나를 내려다본다.

겁먹을까보냐. 지금의 나는 '여주인공의 세미남친'이다. 또한 히로인들의 어드바이저이자 코디네이터다.

여기에서 꼴사나운 추태를 드러낼 수는 없는 노릇이다. 나는 조연의 프로…… 친구 캐릭터로 돌아갈 때까지는 이 역할을 전력으로 다할 것이다!

"인간치고는 배짱이 있군. 하지만 현실은 원하는 대로 돌아가지 않을 것이다!"

"나는 돌아가고 싶다고!"

시도라가 입을 크게 벌리고 덤벼들려던 찰나.

나는 그 입에 자신의 가방을 처넣었다.

"우왑!"

생각지도 못한 일반인의 공격에 사도가 살짝 움츠러든다. 그 틈을 찔러——.

나는 곧바로 몸을 돌렸다. 엘미라를 안아 올려 쏜살같이 도망쳤다. 류가에 이어 인생 두 번째 공주님 안기다.

엘미라와 시도라가 "뭣?" 하고 한목소리로 외친다. 그야 도망쳐야지. 제대로 겨룰 수는 없잖아!

"자, 잠깐만, 코바야시 이치로. 무슨 생각이죠!"

내 품속에서 엘미라가 당황했다. 생각보다 가벼워서 다행이다.

"보면 알잖아! 후퇴다, 후퇴!"

"사도를 내버려 둘 거예요?"

"내버려 두지는 않아! 그 녀석은 쓰러뜨린다! 엘미라가 쓰러뜨리도록 하겠어!"

"그보다 당신 뭐예요. 이 속도는……."

그러는 동안에도 나는 시도라와의 간격을 점점 벌렸다.

약간의 거리는 안심할 수 없다. 그 증거로 쫓아오는 사기를 등으로 느낀다. 더 속도를 높여야 한다.

'놈은 멧돼지형 사도야. 직진은 특기라도 방향 전환은 어려울 것이다. 되도록 지그재그로 도망치는 거야!'

나는 추격을 뿌리치기 위해 골목을 오른쪽으로 왼쪽으

로 계속 꺾었다. 콘크리트 블록 담장을 발로 차며 올라가, 철망을 뛰어넘어 울타리 가장자리를 질주했다.

"너, 너, 인간이 아닌 건가! 이상하잖아, 그 속도——."

훨씬 뒤쪽에서 시도라가 뭐라고 고래고래 외쳤다.

그러나 그 목소리도 얼마 안 있어 들리지 않았다.

5

내가 뛰어들어간 곳은 골목 한쪽에 있는 폐공장이었다.

벌써 몇 년이나 방치되어 기물도 철거되고 내부는 텅 비어 있었다. 창문도 대부분 깨지고 노출 콘크리트로 사방이 둘러싸인 스산한 공간……. 한때 나는 이곳에서 류가의 전투를 훔쳐본 적이 있다.

"후우…… 이걸로 잠시 시간을 벌었겠지."

엘미라를 바닥에 내려놓고 그녀 앞에 책상다리를 앉는다. 채 5분이 되지 않는 질주 정도로는 호흡이 거칠어지지 않는다.

아마도 곧 시도라가 이곳으로 올 것이다. 그건 예상한 바이다. 그보다 그 녀석을 완벽하게 따돌릴 생각 따위 처음부터 없다.

"……코바야시, 이치로."

땅바닥에 주저앉은 채 엘미라가 가냘프게 나를 불렀다.

빈혈은 꽤 나은 것 같지만 여전히 낯빛은 나쁘다. 눈에도 목소리에도 평소의 패기가 없었다.

"엘미라, 뭐야?"

"당신은 대체…… 누구죠."

"무슨 뜻이야?"

"어떻게 그런 초인적인 몸놀림이…… 가능하지요?"

"그 정도는 일반적이잖아."

"일반의 정의를 재검토하세요!"

잠시 대들었지만 이내 풀썩 쓰러져 고꾸라지고 마는 엘미라. 교복 치마가 걷어 올라가 하얀 허벅지가 드러났다.

"운동 신경이 살짝 좋을 뿐이야. 그런 것보다 얼른 시작하자."

"뭐, 뭐죠?"

"뻔하잖아."

엘미라에게 다가가 상반신을 일으킨다.

엘미라를 한 팔로 지탱하며 나는 다른 한쪽 손으로 자신의 셔츠 단추를 위에서부터 풀어나갔다.

"무, 무, 무슨 짓을 시작할 생각이에요? 그만두세요, 이런 때에!"

답지도 않게 엘미리가 이성을 잃었다.

그녀에게도 이런 일면이 있을 줄은 몰랐다. 꽤 괜찮은 갭이잖아.

"이래 보여도 아직 아무도 손대지 않은 몸이라고요! 키스조차 한 번도——."

"엘미라, 마셔."

패닉에 빠진 그녀에게 나는 자신의 목덜미를 가리키며 말했다.

엘미리가 "응?" 하고 눈을 동그랗게 뜨고 내 의도를 파악해 주었는지 이내 저항을 그만두었다.

"설마…… 당신의 피를?"

"그래. 류가에 비하면 엄청 맛이 없겠지만 오늘은 참아 줘."

꾸물거릴 여유는 없다. 혈액만 보급하면 엘미라는 싸울 수 있다.

"하, 하지만 류가 말고 다른 사람 피를 빨 수는 없어요."

"지금은 긴급 사태야. 그래도 류가가 화낸다면 내가 그 녀석에게 설교해줄게."

"…………."

"이건 너만이 아니라 나 자신을 도우려는 것이기도 해. 지금 그 사도를 쓰러뜨릴 수 있는 사람은 너를 빼놓고 달리 없어. 서로 이런 곳에서 죽고 싶지는 않지?"

"……알겠어요."

단 몇 초 주저한 끝에 엘미라는 승낙했다.

가느다란 양팔을 내 목을 껴안듯이 두른다. 이어서 귓가에 그녀의 숨소리 같은 속삭임이 들린다.

"그럼—— 잘 먹을게요."

직후에 내 목덜미에 따끔한 아픔이 느껴졌다.

단, 고통은 맨 처음뿐이었다. 그 뒤로는 그녀의 혀가 훑는, 간지럽고 근질근질한 감각에 사로잡혔다. 환부를 중심으로 점점 체온이 내려간다.

이게 뱀파이어의 흡혈…… 상황에도 불구하고 어쩐지 이상한 기분이 되어 버렸다.

"응…… 응."

그저 넓기만 한 어둑한 공간에서 밀착하는 남녀.

게다가 주변에는 츄릅츄릅 상당히 저속한 소리가 울려 퍼졌다.

"응…… 응응?"

그러더니 어째서인지 엘미라가 더 격렬하게 피를 빨아들인다. 점차 내 시야가 깜빡깜빡 어두워진다. 빈혈 증상이다.

"어머나, 맛있네. 어쩌면 이거 류가보다도……."

"아, 저기, 엘미라…… 슬슬 이제 되지 않았어?"

"아직 부족해요!"

엘미라가 다시 내 목덜미를 덥석 문다.

이제는 츄릅츄릅 하고 조심스러운 흡혈에서 꿀꺽꿀꺽이라는 호쾌한 목 넘김으로 바뀌었다.

"어이! 이제 됐잖아! 의식이 멀어지고 있다고!"

"아직 건강해 보이는데요? 아아, 이 부드러운 맛 깨끗한 목 넘김…… 정말로 담백하고 부드러워요. 극상의 생피예요!"

"맥주가 아니라고!"

"안주 없어요?"

"맥주가 아니라고!"

휘청거리는 나와 반대로 점점 건강해져 가는 엘미라.

위험하다. 이대로는 시도라가 아니라 엘미라에게 살해 당할 거야. 설마 그녀가 이토록 술고래…… 아니 피고래일 줄이야.

──그때였다.

십 미터쯤 앞쪽에서 갑자기 콘크리트 벽이 쿵 하고 무너 졌다.

"!"

엄청난 굉음과 충격이 공장 안에 울려 퍼졌다. 뻥 뚫린 큰 구멍으로 들어온 것은…… 바로 멧돼지 모습의 이형 괴 물이었다.

"술래잡기 다음은 숨바꼭질인가? 하지만 그것도 끝이 다."

흉악한 미소를 지으며 시도라가 성큼성큼 다가온다.

그러나 이 마당에 이르러 엘미라는 여전히 내 목에 달라 붙어 있었다. 사도에게 등을 보인 상태다.

"엘미라! 왔어! 시도라가 왔어! 시도라 뒤이이!"

필사로 외쳐도 엘미라는 흡혈을 멈추지 않는다. 이 먹보 야!

"너희의 시체는 다 함께 히노모리 류가에게 보내 주마.

판별하지 못할 정도로 엉망으로 만들어서 말이야!"

말을 내뱉자마자 시도라가 지면을 찼다. 투우처럼 맹렬하게 돌진한다.

그야말로 절체절명—— 나의 모든 세포가 죽음의 위기에 술렁술렁 꿈틀댄다. 그러자.

"응?"

갑작스럽게 시도라가 급제동을 걸었다. 우리의 눈앞에서 멈추고 이쪽을 미심쩍어하며 눈을 부릅떴다.

그 시선이 포착한 것은 엘미라가 아니라.

보잘것없이 무력한 일반인이었다.

"…………."

"…………."

그저 넓기만 한 어둑한 공간에서 여자와 밀착한 채, 더군다나 멧돼지 사도와 서로 응시하는 형세다.

그런 초현실적인 상황이 십 초쯤 이어졌을 때였을까. 마침내 시도라가 "흠……" 하고 신음하고 고개를 살짝 갸우뚱하는 게 보였다.

"……저기, 왜 그래?"

약간 망설였지만 머뭇머뭇 그렇게 물어본다.

그런데 시도라는 여전히 심각한 얼굴을 하고 나를 뚫어져라 관찰할 따름이었다. 돼지발 같은 손으로 자신의 턱을 재주 좋게 문지른다.

……대체 뭐였을까. 이 이상한 뜸은 무슨 이유가 있는

거지?

다시 한 번 물어야 할지 망설이고 있자니 그때가 되어서야 시도라가 입을 열었다.

"아까는 알아채지 못했는데······."

"어?"

"지금의 네가 발산하는 그 기척은."

"뭐, 뭐?"

"기분 탓인가 했는데 혹시 너······."

"그러니까 뭣?"

"아니, 설마 그런 일은······ 그러나, 흐음······."

잠깐.

잠깐 잠깐 잠깐.

의미심장하게 말하지 마! 너까지 쓸데없는 플래그 세우려고 하지 마!

'부탁이니 그만해! 나를 더 이상 복잡한 포지션으로 만들지 말라고! 나는 이미 이래저래 버겁다고!'

그렇지 않아도 지금 막 결국 엘미라와의 플래그까지 세운 것 같단 말이다.

여기다 '나락의 사도'와도 이어진다면 이제 내 입장은 수습이 되지 않는다. 아니, 내가 최종 보스라도 이상하지 않다.

내가 어떻게 반응할지 난처해하던 때.

갑자기 귓가에 엘미라의 속삭임이 들렸다.

"염주(焔奏)———론도(윤무곡)."

그런 한마디를 신호로 시도라가 불타올랐다.

갑작스럽게 지면에서 바퀴처럼 둥근 모양의 불길이 뿜어져 나와 사도의 거구를 삼켰다.

"갸, 갸아아아아아!"

절규하는 시도라. 동시에 엘미라가 일어나 드디어 사도 쪽으로 돌아섰다.

그 머리카락이 슬렁슬렁 일렁였다. 그리고 다시 그 붉은 입술에서 짧은 한마디가 나온다.

"염주——랩소디(광시곡)"

그러자 이번에는 불꽃이 의사를 가진 것처럼 소용돌이쳐서 뱀처럼 적의 온몸을 휘감는다.

"크가아아아! 그, 그만해에에에!"

발버둥치면서 시도라가 지르는 비명은 내 마음의 비명과 연결되었다.

그만해 엘미라! 쓰러뜨리는 거 잠깐만 대기해! 내 건이 아직 정리되지 않았으니까!

"후후후, 좋은 목소리로 우는군요. 뒤늦게나마 화형 집행이에요."

그러나 엘미라는 내 사정 따위 완전히 무시했다. 가학적인 미소를 짓고 지휘자처럼 한 손을 흔들어 불꽃을 조종한다.

'이대로는 시도라가 죽어 버려……. 그 전에 막는 거야! 이 초S흡혈귀를!'

내가 엘미라에게 달려가려던 순간.

엘미라의 손이 갑자기 멈추었다. 그에 호응해 불꽃도 기세를 잃고 얼마 되지 않아 소실했다.

아아, 다행이다. 엘미라가 멈춰주어서……. 그렇게 생각한 건 내 단순한 지레짐작이었다.

"──거기까지다, '나락의 사도'."

어느새 시도라의 등 뒤에 한 소년이 서 있었다.

조금 큰 사이즈의 교복을 입은 중성적인 생김새에 작은 체구의 소년이다. 온몸에서 등줄기가 얼어붙을 듯한 살기를 발산하며 까맣게 탄 사도를 조용히 노려보고 있다.

그것이 누구인지 설명할 필요도 없다.

이 이야기의 주인공인 【용신】의 숙주, 사실은 살짝 머릿속에 연애로 가득한 여자아이── 히노모리 류가였다.

"류, 류가……."

진정 유감스러워하며 부른 사람은 나였다.

엘미라를 안고 도망가기 전에 나는 류가에게 메시지를 보내 두었다. 이 폐공장으로 와 달라고.

단 그것은 만에 하나의 사태에 대한 보험이었다. 나는 여기서 혈액을 보급한 엘미라에게 싸워달라고 할 작정이었다.

설마 류가가 이렇게 빨리 날아올 줄은 생각지 못했으니까.

설마 시도라가 저런 중대 발언을 할 줄은 생각지 못했으니까.

"류가. 마무리는 당신에게 맡기겠어요."

엘미라가 치마를 잡고 정중히 인사한다. 그녀가 공격을 멈춘 것은 주인공에게 마지막 일격을 양보하기 위해서였다.

"사도. 나의 이치로…… 아니 친구들에게 잘도 손을 댔군."

냉랭한 목소리로 류가가 외친다. 그 눈이 황금색으로 빛났다.

위험하다. 완전 무서워. 진짜로 화났다……. 지금의 류가를 제지할 자신이 나한테는 도저히 없다. 그보다 누구보고 '나의 이치로'라는 거야.

"너는 내 역린을 건드렸다—— 사라져!"

류가의 노성과 함께 시도라의 몸이 허공으로 날아갔다.

3미터는 되는 거구가 소년의 펀치 한 방으로 휴지 조각처럼 날아갔다.

"크악!"

물수제비뜨는 돌처럼 시도라가 땅바닥을 바운드하면서 맹렬한 속도로 굴러갔다. 그대로 콘크리트 벽에 격돌하자 공장에 두 번째 커다란 구멍이 뚫렸다.

할 말을 잃은 내 20미터쯤 앞에서 사도가 흐물흐물 녹아서 소멸한다. 【용신】의 신위를 해방하지 않고도 이만한 파워가 있다니…… 히노모리 류가, 가공할 만하다.

"이치로! 엘! 다친 곳은 없어?"

그런 시도라에게 눈길도 주지 않고 류가가 낯빛이 달라져서 우리 곁으로 온다.

걱정해 주는 건 황공하지만 내 마음속은 평화롭지 못했다.

그 상냥함을 시도라에게도 조금만 나누어 주기를 바랐다.

'시도라가 죽어 버렸어……. 이상한 플래그만 세우고. 나에게 수수께끼 설정만 부여하고…….'

울먹이는 나를 보고 류가가 충돌하듯이 끌어안는다. 지금은 천을 감고 있지만 그래도 가슴에는 희미한 탄력이 있었다.

"이치로, 이제 괜찮아! 무서웠지, 울고 싶었지……."

아이를 대하듯이 류가가 내 머리를 쓰다듬어 준다. 볼까지 비빈다.

울먹이는 이유는 따로 있지만 정정할 수 없었다. 할 기력도 없었다.

"잠깐만요, 류가. 껴안을 상대를 착각하지 않으셨나요?"

그런 우리를 보고 엘미라가 불만스러운 듯 볼을 부루퉁하게 부풀렸다.

"왜 제가 아니라 코바야시 이치로이지요? 혹시 류가는 남자도 괜찮은 건가요?"

"아니, 그게…… 아하하."

류가가 허둥지둥 나에게서 떨어져 머리를 긁적이며 얼버무린다. 어이, 볼을 붉히지 마. 정말로 그쪽이라고 오해받잖아.

"하지만 뭐, 저로서는 그것도 괜찮지만요. 보이즈가 러브러브하는 건 사실은 아주 좋아해요."

엘미라가 성가신 취미를 폭로했다. 너는 그렇지 않아도 캐릭터가 진하니까 이 이상 개성은 자중하길 바란다.

"그, 그런 게 아니래도. 엘과 달리 이치로는 일반인이니까."

"정말로 일반인인지 아닌지 수상한데요."

"아하하. 확실히 이치로는 평범하지 않을지도 몰라."

류가는 그렇게 말하며 또다시 웃었지만 나는 도통 웃지 못했다.

이제 나에게 그게 농담으로 끝날 문제가 아니게 되었다.

"뭐, 그건 됐다고 치고."

내 심정 따위 알 리도 없이 갑자기 엘미라가 태도를 바꾸었다. 한동안 나를 응시하고는 이어서 그 시선을 류가 쪽으로 돌린다.

"류가, 한 가지 말씀드려도 될까요."

"응? 뭐?"

"저, 오늘부터 코바야시 이치로의 피도 빨고 싶은데 괜찮겠어요?"

"뭐?"

뜬금없는 제안에 나와 류가가 함께 쉰 목소리가 나왔다.

"그의 피는 지금까지 중에 넘버원이에요. 맛은 물론이고 화염 에너지로서도 발군……. 꼭 허가해주세요."

"아, 안 돼! 그건 절대로 안 돼!"

류가가 그 자리에서 고개를 내저었다. 그러더니 내 오른

팔에 매달렸다.

"이치로의 피는 빨게 할 수 없어! 이번에는 어쩔 수 없었지만 두 번 다시 빨지 말 것!"

"뭐 어때서 그러지요. 코바야시 이치로를 저의 전속 도너로 삼게 해 주세요."

"안 돼! 이치로는 나의 이치로니까!"

"어머나 류가도 참. 그 독점욕…… 아주 굿이에요! 짜릿해요!"

왜인지 흥분하면서 엘미라도 내 왼팔에 매달렸다.

순식간에 나를 둘러싸고 서로 잡아당기기 시작했다.

"자, 류가! 좀 더 질투를 불태우세요!"

"엘! 손 떼! 이치로는 내 거야!"

"차, 참을 수 없어요오오!"

……어이, 관둬. 기쁘지 않으니까. 오히려 질리고 있으니까.

주인공과 히로인이 서브 캐릭터 쟁탈전하는 거 아니야. 이런 닭살 행각을 누가 보고 싶어 하겠어.

'아니. 나는 이제…… 서브 캐릭터가 아닌가?'

여주인공이 특별시하고 히로인들과 사이가 깊어진 데다 '나락의 사도'마저도 공격을 주저한다. 이런 조역이 어느 세상에 있담?

이제 류가와의 관계를 바로잡을 때가 아니다. 이 이야기에서 코바야시 이치로의 포지션은 완전히 파탄났다고 봐야 한다.

'나는 대체—— 누구야.'

한 가지 불길한 생각이 다시금 머릿속을 스친다.

……'나락의 사도'들은 이 세계에 잠들어 버린 그들의 왕·【마신】의 부활을 기도하고 있다고 한다.

만약 그 【마신】이 여주인공의 상대라면.

다른 히로인들과도 친한 존재라면.

스토리의 가경으로 한없이 극적인 전개가 아닌가——.

제4장 진·코바야시 이치로 무쌍

1

어쩌면 나는…… 이 이야기 최종 보스일지도 모른다.

한번 들러붙은 의심은 내 머리에서 다시 떠나지 않았다.

설령 그렇다 한다면 지금까지 일어난 갖가지 이해하기 어려운 이벤트도 설명이 된다.

단순한 친구 캐릭터가 연이어 메인 캐릭터들과 플래그를 세운 것도 납득이 간다.

'혹시 전부 예고였던 거 아냐? 내가 최종 보스가 되어 류가의 앞을 가로막는다—— 그러기 위한 준비였던 거 아닐까?'

도저히 지나친 생각이라고 웃어넘길 수 없었다.

돌이켜보면 확실히 나에게는…… 몇 가지 짚이는 데가 있다. '잘 생각해 보면 나 이상하지 않아?'라는 현상이 적어도 세 가지 있다.

——하나. 어째서 코바야시 이치로는 줄곧 들키지 않고 전투를 훔쳐볼 수 있었는가?

이전에 류가도 말했었다. "이치로는 기적을 잘 지우지. 나도 허를 찔린 적이 있는걸"이라고.

류가와 히로인들, 그리고 사도조차 알아채지 못했다. 그런 일반인이 있을까?

——둘. 어째서 코바야시 이치로는 노래방에서 잠들지 않았는가?

　그때, 사도가 내뿜은 최면파로 손님도 점원도 잠들어 버렸다. 그 안에서 나만이 아무렇지 않게 깨어 있었다.

　내가 너무 태연했기 때문에 류가와 엘미라도 무심히 지나쳐버린 것일까. 그런 일반인이 있을까?

　——그리고 셋. 어째서 코바야시 이치로는 사도의 사기를 느낄 수 있었는가?

　엘미라를 안고 골목을 도망쳤을 때, 나는 쫓아오는 시도라의 사기를 등 뒤로 느꼈다. 그때는 필사적이라서 신경 쓰지 않았지만 감지하면 안 되잖아.

　이형 괴물이 내뿜는 사기 센서를 가졌다. 그런 일반인이 있을까?

　'이상으로 돌출한 결론은 하나밖에 없다. 나는 아마도—— 일반인이 아니다.'

　히노모리 류가와 만나 그가 그녀임을 아는 데다 정을 통하는 관계가 된 것.

　유키미야 시오리의 전속 어드바이저가 되고, 아오가사키 레이의 전속 코디네이터가 되고, 엘미라 매카트니의 전속 도너가 된 것.

　그것들은 결코 무의미한 이벤트가 아니었던 것이다.

　그녀들과의 플래그를 세우는 것—— 그 자체가 최종 보스가 되는 플래그였다.

'아무튼 지금은 확증이 필요해. 확증만 얻는다면 나도 깨끗하게 각오할 수 있어.'

만약 내가 최종 보스라면 요구되는 역할은 하나.

류가와 히로인들을 철저하게 아프게 하고 마지막에 쓰러지는 것이다.

그렇다면 나는 그곳에서 죽게 되겠지. '드래곤 팡'을 먹고 【마신】과 함께 소멸하는 처지가 되고 말리라.

'죽기에는 너무 젊은 것 같기도 하지만 그게 내 역할이라면…… 받아들이는 수밖에 없어.'

스스로도 신기하지만 마음은 이전보다 훨씬 평온했다.

플래그에 당황해 우왕좌왕하던 시절보다 훨씬 후련했다.

사람에게는 저마다 완수해야 할 역할이 존재한다. 나에게 '그것'이 최종 보스라면 하는 수밖에 없다. 있는 힘껏 철저하게 악하게 구는 수밖에 없다.

'친한 존재가 적으로서 앞을 가로막는다……. 그것도 어떤 의미로 친구 캐릭터의 역할인지도 몰라.'

아마도 류가는 슬퍼할 테지. 그것을 생각하면 가슴이 아프지만 이것만큼은 어쩔 도리가 없다.

하다못해 류가는 앞으로도 회상 장면 정도에서는 떠올려 주기를 바란다.

코바야시 이치로라는, 흥 많은 친구가 있었다는 사실을.

내 결의와 같은 시기에 류가의 나날이 갑자기 바빠졌다.

들기로는 '나락의 사도' 움직임이 다시 활발해졌다는 듯하다. 어쩌면 드디어【마신】의 부활이 가까워졌는지도 모른다. 다시 말해 나의 각성이.

"이치로, 최근에 만나지 못해서 미안해. 빨리 바니 의상을 보여주고 싶은데……."

미안해하는 류가에게 "신경 쓰지 마"라고 미소로 답해둔다.

"코바야시 님. 저희는 이길 수 있을까요……."

불안해하는 유키미야를 "자신과 동료를 믿어"라고 격려해둔다.

"코바야시. 올해 수영복은 무슨 색이 유행할까."

고민하는 아오가사키에게 "황록색입니다"라고 가르쳐준다.

"코바야시 이치로. 피를 빨게 해 주세요."

완전히 먹이로 길들여버린 흡혈귀에게 몰래 피를 준다.

……그 한편으로 나는 류가와 별개의 행동을 하며 시간이 허락하는 한 이곳저곳을 돌아다녔다. 목적은 '나락의 사도'를 찾는 것이었다.

비밀리에 사도와 접촉해 자신의 정체를 확인한다. 만약 추측이 착각이었다면 전력 질주로 도망친다.

아직까지 이능력 하나도 눈 뜨지 못한 나지만 사도를 따돌리는 정도는 가능하겠지……. 그런 계산이었다.

'아마도 류가의 전투는 절정에 접어들고 있어. 꾸물거리고 있을 수는 없어.'

동네를 배회하기를 벌써 닷새째.

나는 그날 드디어 사도임 직한 놈과 만날 수 있었다.

시간은 저녁 9시가 넘었다. 혹시 몰라 다시 폐공장에 와 본 보람이 있었다.

그곳에 서 있던 낯선 교복의 여고생—— 얼핏 보면 평범한 여자지만 그 녀석은 명백히 인간이 아니었다. 엄청난 사기를 띠고 있었다.

"……응? 인간?"

금세 나를 알아채고 여고생이 눈살을 찌푸린다.

당연하지만 전기 따위 들어오지 않으므로 공장 안은 달빛만이 유일한 빛이다. 하지만 상당히 호리호리한 체형을 하고 옆으로 머리를 묶은 미인인 건 알 수 있었다.

"크크크…… 이런 곳에 혼자 오다니 멍청한 인간이네. 마침 심심하던 차이니 놀이 상대가 되어 주실까."

"그 전에 물어봐도 될까?"

나는 위태롭게 입맛을 다신 여사도에게 천천히 다가갔다. 언제든 도망칠 수 있도록 입구까지의 직선 라인은 확보해두었다.

"뭐어? 자신의 입장을 아는 거야? 너는 여기서 죽는 거야."

"나를 보고…… 뭔가 느끼는 것 없어?"

사도를 앞에 두고 겁먹지 않는 일반인. 역시나 상대방도 당황했다.

나는 시도라 딕분에 시기에도 이미 익숙해졌다. 처음에는 기세에 눌렸지만 한번 체험하고 나면 별 것 아니다. 나는 적응이 빠르다.

"……잠깐만. 어라? 넌——."

그렇게 오랜 뜸은 들이지 않고 여사도가 눈을 가늘게 떴다. 의아해하는 표정으로 나를 더욱 빤히 음미한다.

……역시 나에게는 뭔가 있는 건가. 시도라의 착각이 아니었던가.

"어때. 나를 죽일 수 있겠어?"

단도직입으로 묻자 아니나 다를까 여사도는 고개를 가로로 저었다.

"아니…… 무리야."

"어째서지?"

——왜냐하면 당신에게는 우리의 왕인 【마신】이 깃들어 있으니까——

그런 말을 기대했지만 여사도의 대답은 몹시 애매모호했다.

"어째서냐고 물으면 좀 곤란하네. 음, 우리에 가까운 존재기 때문인 건 분명하겠지만."

"최종 보스기 때문 아니야? 똑똑히 말해 여사도!"

"미온이야."

"자기소개는 필요 없어!"

내가 바싹 다가서자 미온이 관자놀이를 긁적거린다.

어쩌 이상한 남자와 시비가 붙었다…… 노골적으로 그런 표정이었다.

"이봐, 내가 최종 보스인 거지? 그렇지? 이제 나를 편하게 해 줘!"

"최종 보스란 게 뭔지 모르지만 【마신】님을 말한다면 아니야."

"아, 아니야……?"

"응. 분명히 【마신】님이 부활하시려면 인간의 그릇이 필요하지만 말이지. 그건 당신이 아니야."

"그럴 리가, 말도 안 돼……."

어떻게 된 거야.

애써 위험을 무릅쓰고 사도와 접촉했건만 여기서 기대가 크게 어긋났다. 최종 보스라는 안이 각하되고 말았다.

"나한테 【마신】이 잠들어 있지 않아……?"

"하지만 【마신】님의 빙의체라면 벌써 우리가 발견했으니까. 머지않아 부활하실 거야. 히노모리 류가의 창백해진 얼굴이 눈에 선하군."

"벌써 발견했다고……."

거짓말이다. 최종 보스는 나다.

류가의 마지막 전투에서 쓰러져 마지막에 제정신으로 돌아와 "고마워 모두들…… 【마신】에게서 해방해주어서……"라며 소멸해간다. 그 뒤 류가와 히로인들이 올려다본 하늘에는 미소 짓는 내 얼굴이 떠 있다── 그런 역할이어야 한다.

아닌 건가? 그 판은 벌써 사람이 찬 건가? 나를 무시하고?

"그럼 난 뭐야! 어떤 캐릭터인 거야!"

"모, 모른다니까! 잠깐만, 어딜 만지는 거야!"

치마에 매달리는 나를 미온이 필사적으로 떼어내려고 한다. 사도 주제에 건방지게도 얼굴을 붉혔다.

"아무튼 너는 죽일 수 없어! 이유를 물어도 대답해줄 수 없어!"

"못 본 체하지 마! 너희 왕으로 삼아줘도 되잖아!"

"뻔뻔한 소리 하지 말라고!"

한밤중의 폐공장에서 티격태격하는 사도와 인간. 제삼 자가 보면 사랑싸움으로 보일 법도 하다.

"아, 알았다! 최종 보스가 아니라도 나는 사도인 거지? 너희 동료인 거지? 그러니까 죽일 수 없는 거지?"

"그것도 아니…… 꺄악~ 치마에 얼굴 집어넣지 마! 팬티 보지 마아아아—!"

"사도는 팬티 입는 거 아니야!"

"상관 마! 애초에 너, 인간으로 둔갑한 것도 아니잖아?! 그 모습이 본체잖아?!"

"그, 그건."

"그러면 사도가 아니야! 알겠어? 당신은 인간! 사도에게 습격당해야 할 입장이라고! 사도를 습격하면 안 돼!"

……의견을 모조리 각하당하고 정신이 드니 나는 그 자리에 주저앉아 무릎을 끌어안은 채 침울해 있었다.

'안 돼. 벽에 부딪혔어…….'

하다못해 사도이고 싶었다. 그러면 사람의 마음을 지닌 주인공 편의 사도가 될 수 있는 길이 있었는데. 잘하면 변칙적인 친구 캐릭터로 돌아갈 수 있었을지도 모르는데…….

미온도 등을 둥글게 구부린 내 옆에 앉았다.

"정말로…… 너는 대체 정체가 뭐야?"

"그건 내가 묻고 싶어……."

"평범하게 인간이면 안 되는 거야?"

"온갖 플래그를 세워버리는 바람에 말이지……. 이제 돌이킬 수가 없어."

일단 필사로 힘을 쏟아봤지만 역시 사도의 모습은 되지 않았다. 너무 힘을 줘서 코피가 나왔을 뿐이다.

"잘 모르겠지만 심각하게 고민할 거 없지 않나? 【마신】님이 부활하면 어차피 세계는 멸망할 테니까."

미온이 손수건을 꺼내 내 코피를 닦아 주었다.

뜻밖에 살뜰히 남을 챙기는 사도다. 참고로 팬티는 검은색 레이스였다.

"뭐, 굴하지 말고 힘내 소년. 미래는 어두워!"

"흥. 【마신】 따위, 류가가 물리칠 거야."

"흘려들을 수가 없네. 그보다 너, 히노모리 류가의 친구야?"

"지금은 그 녀석 이야기는 하지 말아 줘."

"아, 그렇지. 시도라란 놈 몰라? 내 부하인데 연락이 안 돼."

"그 녀석 이야기도 하지 말아 줘. 아니, 이제 그만 날 좀 혼자 둘래?"

"하아, 난감하네……. 공격할 수도 없고 내버려 두기도 마음에 걸리고……."

그 후로 한동안.

미온의 무릎을 베고 누워 나는 늦은 밤까지 폐공장에서 토라져 있었다.

절대로 류가에게는 보일 수 없는 광경이었다.

2

나는 이튿날부터 사흘 동안 학교를 쉬었다.

솔직히 아무와도 만나고 싶지 않았다. 한 걸음이라도 바깥에 나가면 또 어떤 플래그가 설 것 같아서 무서웠다. 이제 나는 모든 게 다 의심스럽고 불안했다.

'어쩌면 좋지…….'

내 방 침대에서 뒹굴며 날이면 날마다 줄곧 천장을 응시하고 자신의 존재 의의에 대해 고민했다.

최근 사흘간, 잠은커녕 식사도 하지 않았다. 하지만 별로 문제는 없다. 나는 일주일쯤은 자지 않고 쉬지 않아도 평소처럼 활동할 수 있다. 젊음이란 대단하다.

'나는…… 어디서 잘못했지?'

이러려던 것이 아니었다.

애초에 류가가 여자아이일 리가 없었다. 아니, 그런 소리를 시작하자면 류가와 히로인들의 숨겨진 모습 따위 알 리가 없었다.

나는 서브 캐릭터이면서 이야기에 너무 깊게 개입하고 말았다. 그러다 못해── 스스로도 정체를 알 수 없는 수수께끼 캐릭터가 되고 말았다.

'어찌 되었든 이제 역할에 대해 고민할 시간은 없어. 류가의 전투는…… 최종 국면에 접어들었어.'

오늘 아침 류가에게 메시지가 왔다.

'이치로에게. 감기가 심한 것 같으니까 무리해서 답장하지 않아도 돼. 아마도 이제 곧 사도를 섬멸할 수 있을 거야. 그때까지는 나도 사명을 우선할게. 지금의 관계를 이어가기 위해서라도.'

이제 곧 류가의 전투는 끝이 난다. 하지만 그렇게 순조롭게 진행되지는 않을 것이다.

시온은 말했다. 머지않아 【마신】이 부활한다고. 이미 빙의체를 발견했다고.

그 【마신】과의 결전이야말로 운명의 마지막 전투. 그 전투에서 승리했을 때, 세계는 평화를 되찾는다. 이야기는 엔딩을 맞이한다.

'나는 그걸 잠자코 보고만 있으면 되는 건가?'

초조함에 휩싸였지만 위치를 모르겠다. 완수해야 할 역할을 찾을 수가 없다.

정식으로 류가가 【마신】을 쓰러뜨리고 사명에서 해방된다면 나도 친구 캐릭터로 돌아갈 수 있을지도 모른다. 어떻게든 세미남친을 반납하고 바라던 포지션으로 복귀할 수 있을지도 모른다.

아니, 틀렸다── 그건 이미 '친구 캐릭터'가 아니다. 단순히 '친구'다.

평화를 되찾은 세계란 다시 말해 후일담이다. 그곳에 있는 히노모리 류가는 이제 주인공이라 할 수 없으니까.

단순히 어울릴 뿐이라면 나일 필요는 없다. 류가에게 해야만 하는 사명이 있기 때문에 나는 돕고 싶다고 생각했던 것이다. 나아가서는 그것이 세계를 지키는 것과도 연결된다.

'결국 나는── 유일무이한 존재 가치를 원할 뿐인가. 그렇다면 정말로 류가의 애인이 되면 되잖아? 아니, 그래서는 아무런 해결도 나지 않을뿐더러 오늘까지의 나를 전면 부정하는 것이…….'

그런 생각을 하던 때. 갑자기 내 휴대전화가 울렸다.

"!"

나도 모르게 침대에서 벌떡 일어나 바로 휴대전화를 붙잡고 화면을 확인했다.

이 착신음은 메시지가 아니다. 전화다. 그리고 건 사람은── 류가였다.

'설마 벌써 평화가 찾아와 버린 건가?'

그런 걱정에 핏기가 가신 다음 순간.

쿵! 하는 무시무시하게 커다란 소리와 함께 내 방이 흔들렸다.

"우와악!"

순식간에 침대에서 굴러떨어진 데다 방을 나뒹굴었다. 근처에 운석이라도 떨어진 듯한 충격이다.

여전히 드르르 진동하는 바닥과 창문을 내버려 두고 나는 우선 통화 버튼을 눌렀다.

이 사태와 류가의 전화…… 그것이 관계있다는 사실은 자명했다.

"여보세요! 이치로!"

휴대전화를 귀에 대자마자 류가의 외침이 들렸다. 무시무시하게 진지한 목소리로 사태의 심각함을 쉽게 감지할 수 있었다.

"류, 류가, 대체 어떻게 된 거야? 지금 엄청 큰 충격이──."

"큰일 났어! 쿄카가…… 쿄카가!"

이어서 류가가 한 말은 예상치 못한 한마디였다.

"쿄카가 【마신】이 되어 버렸어!"

"에──?"

다시 어딘가에서 폭발음이 울려 퍼지고 우리 집이 휘청

휘청 흔들렸다.

그러나 나는 이제 그런 일을 신경 쓰지 않았다. 경악으로 눈을 부릅뜨고 입을 떡 벌리고 바닥에 다소곳하게 앉아 있었다. 내가 무릎을 꿇고 앉는 건 엄청난 일이 일어났을 때뿐이다.

"【마신】은 쿄카를 빙의체로 고른 거다! 우리 히노모리 가문은 【용신】을 전승해 온 일족⋯⋯. 신이 깃들기에는 절호의 그릇이다! 아마도 그건 【마신】에게도 마찬가지라⋯⋯."

류가의 말투가 남자가 되었다. 제정신이 아닌 건가, 아니면 주위에 히로인들이 있는 건가.

"쿄카가 최종 보스⋯⋯."

설마 미온이 말한 【마신】의 빙의체가 주인공의 여동생이었을 줄이야.

말하고 싶지 않지만 나보다 훨씬 깜짝 놀랄 캐스팅이다. 류가에게 그녀는 나보다 더 친근하고 소중한 일상의 상징이니까.

"그, 그래서 쿄카는 어떻게 된 거야?"

"의식을 완전히 【마신】에게 지배당해 하천부지 쪽으로 가고 있어⋯⋯. 이치로는 집이지?! 절대로 바깥으로 나오지 마!

"엣, 왜."

"이계와의 문을 【마신】이 몇 개나 뚫어 버렸어! 마을은 지금 마계의 문에서 나온 대량의 사도로 넘쳐나──."

거기서 전화는 뚝 끊겼다.

나는 휴대전화를 귀에 댄 채 한동안 움직이지 못했다.

"쿄카가 최종 보스……."

멍한 채 다시 한 번 되뇐다.

너무나 갑작스러워서 머리가 잘 돌아가지 않는다. 그래도 딱 한 가지 안 사실은 이것이 류가에게 잔혹하기 그지없는 전개라는 점이었다.

'빙의체가 쿄카라면 류가는 싸우지 못해. 여동생을 끔찍하게 위하는 그 녀석이 공격할 수 있을 리가 없어.'

역시 최종 보스, 클라이맥스를 고조시키는 방법을 잘 알고 계신다……고 감탄하고 있을 때가 아니다.

류가에게는 미안하지만 가만히 있기는 무리다. 이대로 자택에서 다소곳하게 앉아서 대기하고 있으면 나는 정말로 '뭐였는지 잘 모르겠는 사람'이 되고 만다.

'나는 아직 류가의 세미남친……. 다시 말해 여전히 중요 캐릭터다. 여기서 내가 어떻게 행동하는지는 이야기의 퀄리티에도 영향을 줄 것이다!'

나는 조연의 프로.

학예회에서 목도리도마뱀을 연기할 때부터 줄곧 그렇게 살아왔다.

다행히 사도들은 나를 습격하지 못한다. 외출해도 문제없으리라. 그렇다지만 이능력 따위 가지고 있지 않으니 위험하기는 마찬가지지만…….

하지만 아무튼 가야 한다. 마지막 전투에 어떤 형태로든 관여해야 한다!

'가면 뭔가 알 수 있을지도 몰라. 그곳에 내가 할 일이 있을지도 몰라. 꾸물거리며 고민하는 건 때려치운다! 이렇게 되면 적극적으로 메인 스토리에 얽혀 주겠어!'

설령 그 역할이 '해설자'든 '희생자'든 간에.

류가에게 도움이 될 수 있다면 이야기에 공헌할 수 있다면, 이런 목숨 따위 아깝지는 않다. '여주인공의 상대'인 이상 강 건너 불구경은 허락되지 않는다.

'기다려 류가! 지금 갈게! 수수께끼의 설정을 가진 세미 남친이!'

일 분 뒤, 나는 당장 집을 뛰쳐나갔다.

수의가 될지도 모르므로 알기 쉽게 교복으로 갈아입어 두었다.

3

아니나 다를까 마을은 엄청난 패닉 상태에 빠져 있었다.

사람이 많이 오가는 방향으로 달려갈수록 비명의 숫자가 늘어간다. 이따금 총성도 들렸다. 경찰이 발포하는 거겠지.

……류가도 걱정이지만 먼저 일반인들을 모두 피난시켜야 한다.

자칫 심각한 피해를 내면 류가가 비난을 받을 우려가 있다. 그것을 되도록 막고 싶었다.

'이계의 문이 대체 몇 개나 열린 거야?'

나는 우왕좌왕 도망치는 사람들을 지나쳐 사도의 모습을 찾는다.

그러자 얼마 있지 않아 삼차선 도로 한가운데에서 날뛰는 고릴라처럼 생긴 사도를 발견했다. 사람이 버리고 도망친 자동차를 가볍게 들어 올려 건물에 내던져 파괴한다.

'저 자식, 클라이맥스라고 막 나가네!'

주의를 주고자 성큼성큼 다가가려던 그때——.

"참새가 둥지를 틀고, 벚꽃이 피고, 멀리서 우렛소리가 들리노라."

주변에 딸랑딸랑 하고 카구라스즈 소리가 울려 퍼지고 이어서 소녀의 영롱한 목소리가 들렸다.

그 순간 고릴라 사도의 움직임이 느릿느릿 느려진다. 이전에도 몇 번인가 본 현상이었지만 이번에는 그뿐만이 아니었다.

부근 가로수가 일제히 술렁술렁 꿈틀거렸다. 그러더니 가지들이 길게 늘어나 사도의 온몸을 로프처럼 휘감는다.

"느헛! 이, 이게 뭐야!"

"남쪽에서 제비가 오고, 기러기가 북쪽으로 가고, 비 온 뒤 무지개가 나타나기 시작하노라……. 사도여, 거기까지입니다."

나타난 사람은 '축명의 무녀'—— 유키미야 시오리였다.

긴 머리를 나부끼고 치맛자락을 펄럭이며 혼란에 빠진 고릴라 사도에게 다가간다.

'유키미야……! 설마 혼자서 온 건가?'

전투를 훔쳐보던 시절 버릇으로 나도 모르게 자동차 뒤에 숨어 버렸다. 얼굴을 쏙 내밀자 전방 8미터쯤 앞에 사도와 대치하는 유키미야의 뒷모습이 보였다.

"우, 움직일 수 없어……. 꼬마 계집애, 네놈 소행인가!"

"저는 '축명의 무녀'. 생명에 활력을 주어 부상을 치유하는 것도 활력을 빼앗아 움직임을 둔화시키는 것도 할 수 있습니다. 그리고 그 활력을 일정량 강한 사념과 함께 식물에 흘려보내면——."

그 직후 고릴라 사도가 고통스러운 비명을 지른다.

나뭇가지가 급격히 세게 죄어들어 사도의 온몸 뼈를 우드득우드득 부수었기 때문이다.

"크아아아아! 크, 악……."

용서 없이 꽉 죄는 결박 끝에 마침내 고릴라 사도의 양팔이 축 늘어졌다. 이어서 힘없이 머리를 털썩 떨어뜨리더니 휘감은 가지 속에서 녹아서 사라지기 시작한다.

"이것이 제 능력의 새로운 경지—— 수박살(樹縛殺)입니다."

그렇게 말하고 사라져 가는 사도를 향해 꾸벅 인사하는 유키미야. 끝나고 보니 류가 같은 일방적인 순살극이었다.

……보조하는 역할밖에 못한다고 고민하던 그녀가 전투력을 얻어버렸다.

자애의 무녀인데 기술 명에 '살'을 넣고 말았다. 그런 새로운 경지가 옳은 건가.

'유키미야, 지나치게 씩씩해지는 것도 문제야. 학교의 아이돌도 잊으면 안 돼?'

내가 그런 걱정을 하고 있는데.

한숨 돌릴 새도 없이 사방팔방에서 다수의 사기가 밀려들었다.

"!"

당장 앞쪽, 그리고 좌우에서, 줄줄이 새로운 사도가 모였다. 동료의 단말마를 들었나.

짐승 같은 녀석, 물고기 같은 녀석, 벌레 같은 녀석……다해서 스물을 넘는 어중이떠중이가 유키미야를 포위한다. 아무리 신기술을 얻은 그녀라고 해도 혼자서는 많은 적을 상대하지 못한다.

"큭, 아직 이렇게나 사도가……."

대비하는 유키미야를 향해 사도 하나가 말한다.

"크히히히! 【마신】님이 부활하신 이상 이제 이 세계는 우리의 것이다! 포기해 '축명의 무녀'!"

"그렇게 하게 두지 않습니다! 우리는 반드시 지켜 낼 겁니다! 이 마을을! 이 세계를!"

"크히히히! 문은 다섯 개나 열렸는데? 우리 숫자는 백이 넘는데? 이미 너희는 수세에 몰렸어!"

"그렇다면 그 모두를 쓰러뜨릴 뿐입니다!"

"크히히히! 할 수 있을까아?"

"할 수 있습니다!"

"큰소리치다가 나중에 후회한다아?"

"입 다무세요! 못생긴 얼굴 하고서!"

"크히……."

"기분 나쁜 색깔의 몸을 하고서! 출렁거리는 살찐 몸을 하고서!"

안 돼. 유키미야의 발언이 점점 신랄하고 무신경해진다. 사도가 살짝 상처입기 시작했어.

여러 의미로 이대로 내버려 둘 수는 없다. 무엇보다 이런 곳에서 유키미야를 리타이어시킬 수는 없는 노릇이다.

그렇게 생각한 나는 바로 자동차 뒤에서 튀어나와 유키미야를 둘러싸는 이형 괴물 무리에게 돌진했다. 괜찮아, 사도는 나에게 손대지 못할 터!

"우오오오오오오!"

유키미야와 사도들이 놀라서 나를 본다.

그때에는 이미 나는 눈앞에 닥쳐온 사도 하나를 날려버렸다.

"코, 코바야시 님?!"

어리둥절한 유키미야를 개의치 않고 잇따라 사도를 때리고 발로 차고 날려버린다.

나 자신도 잘 모르지만 몸속에 힘이 넘쳐났다. 손발에서 오라도 조금 나왔다.

"뭐, 뭐야 이 녀석은! 인간?"

"잠깐만! 아니지 않아?"

"공격해도 되는 건가?"

"아니, 왠지 안 될 것 같아⋯⋯."

사도들이 도망치려 하는 동안에도 나는 오로지 계속 날 뛰었다. 날뛰면서 넋이 나간 유키미야에게 외친다.

"유키미야! 류가 곁으로 가!"

"엣?"

유키미야가 눈을 깜빡인다. 하기야 갑자기 나타난 서브 캐릭터가 적을 쫓아버리고 있으니 당황하는 것도 무리는 아니다.

"그 녀석의 서포트가 네 역할이잖아! 여기는 맡겨도 노 프로블럼이다!"

"코, 코바야시 님. 당신은 대체⋯⋯."

"지금은 그런 걸 신경 쓸 때가 아니야! 유는 빨리 가 버리라구!"

나는 날뛰는 사이에 흥분해서 이상한 캐릭터가 되어 있었다.

"정말로 맡겨도⋯⋯?"

"보는 대로다! 틀림없이 【마신】을 쓰러뜨리면 이 녀석들의 의욕도 낫띵! 이제 이길 방법은 그것밖에 낫띵!"

"알, 알겠습니다……. 시원한 바람 불기 시작하고, 저녁 매미 울고, 짙은 안개가 끼노라."

고개를 끄덕이고 유키미야가 몸을 돌리며 칠십이후를 노래한다.

그러자 다시 가로수가 일제히 가지를 뻗어 사도들을 휘감았다.

"코바야시 님! 제가 이곳을 떠나 버리면 수박살이 유지되는 시간은 십 분이 한계입니다! 그 전에 도망치세요!"

"올라잇! 땡큐 유키미야!"

"……시오리라고 하셔도 됩니다."

반응하기 곤란한 그런 한마디를 남기고 유키미야는 떠나갔다. 류가와 【마신】이 있는 하천부지 방향으로.

사냥감을 놓친 사도들이 순식간에 사방에서 나에게 야유한다.

"어이 너! 뭐하는 짓이야!"

"느닷없이 나타나서 맨손으로 우리와 겨루다니!"

"애초에 너는 뭐하는 놈이야! 그 묘한 기적은 뭐야!"

나뭇가지의 구속에 발버둥치면서 외치는 다채롭기 그지없는 이형 괴물들을.

나는 닥치는 대로 주먹을 내리쳐 입 다물게 했다.

일반인으로 있는 건 이제 완전히 포기했다.

십 분도 걸리지 않아 사도들을 제압한 나는 다시 사기가 느껴지는 방향으로 오로지 달렸다.

아마도 히로인들은 【마신】을 일단 류가에게 맡기고 거리에서 날뛰는 사도를 대처하고 있다고 생각된다.

그쪽은 내가 맡고 그녀들은 류가를 도우러 가야 한다. 이야기의 총결산인 마지막 전투에는 메인 캐릭터 전원이 임해야 한다고 생각한다.

'사람들의 피난은 거의 끝난 것 같군……. 사도도 히로인들을 우선적으로 노리는 것 같고, 나로서는 안성맞춤이다!'

도중에 단독 행동을 하는 사도를 발견하고 흠씬 두들겨 패주며 나아가고 있는데.

이내 나는 '참무의 검사'—— 아오가사키 레이를 발견했다.

'우오, 이게 뭐야?'

그곳은 주변 일대에 사도의 잔해가 나뒹구는 처참한 현장이었다.

대강 서른 구는 될까. 모든 사체가 예리한 칼로 찢겨 여기저기서 융해와 증발을 이어갔다. 이미 소멸한 적도 있다고 친다면 놀랄만한 토벌 숫자다.

'유키미야뿐만 아니라 아오가사키도 전보다 강해지지 않았어?'

내가 틀어박혀 있는 동안에 파워업하는 이벤트라도 있었던 걸까. 어찌 되었든 이곳은 빨리 정리될 것 같다……

고 생각하자마자.

아오가사키는 마지막 한 놈에게 애를 먹고 있었다.

목도를 겨누는 그녀 앞에는 백로 같은 사도가 여유롭게 서 있다. 양팔이 날개로 변한, 이른바 하피(그리스 신화에 나오는 새와 인간 여성이 섞인 반인반수)와 흡사한 외견이었다.

언뜻 보아서는 선도 가늘고 체격도 그리 크지 않다. 얼굴도 상당히 인간에 가까운 사도다. 하지만 내뿜는 사기가 차원이 다르게 강력하고 흉악했다.

이 녀석은 틀림없이 간부급……. 게다가 가슴이 있으니 여성 간부다. 유감스럽게도 깃털에 덮여 유두는 확인할 수 없었다.

"크크크…… 제법인걸 '참무의 검사'. 쉰이나 되는 사도를 그런 막대기 하나로 쓰러뜨리다니. 하지만 나는 다른 잔챙이처럼은 안 될걸?"

"그런 것 같군. 그렇기에 더욱 네놈은 여기서 무찌를 필요가 있다!"

검 끝을 들이대고 용맹하게 외친 아오가사키. 역시 그녀는 이런 캐릭터인 편이 어울린다.

그러나 나마저 지릴 것 같은 아오가사키의 안광을 여사도는 태연히 받아낸다.

"아하하하! 나에게 이길 수 있을까? '나락의 삼 공주' 중 한 사람, 이 미온에게!"

크게 웃으며 여사도가 말한 이름은, 뜻밖에도 내가 아는 이름이었다.

'미온? 저 녀석 미온이었어?'

그 뜻밖에 살뜰하고 머리를 옆으로 묶었던 검은 레이스 팬티의?

게다가 '나락의 삼 공주' 같은 소리를 했다. 사도에게도 히로인 삼대장이 있는 줄은 몰랐다.

"여사도여! 이제 정정당당히 승부를!"

"놀아 주지!"

내가 끼어들기 전에 두 사람은 격돌했다.

엄청난 속도로 겨루는 아오가사키의 연속 공격을 미온 또한 불가능한 속도로 날아올라 피하며 반격한다. 눈에 들어오지 않는 믿기지 않는 속도의 공방이었다.

"느리군 '참무의 검사'! 자, 여기까지 와 봐!"

도발과 함께 미온이 하늘 높이 올라간다. 역시 그렇게 나왔나.

무기가 목도인 아오가사키에게 비행 타입 적은 대적하기 매우 껄끄럽다. 목도로 공격 가능한 간격은 아무리 어림잡아도 2, 3미터가 한계……라고 내가 애태우고 있는데.

"비검 · 진(刃)소닉!"

아오가사키가 목도를 후려치며 동시에 도신에서 진공파가 뿜어져 나왔다.

피부를 찢는 날카로운 진공처럼 바람의 칼날이 일직선으로 하늘 위 적에게 날아갔다.

"뭐야……!"

예상 밖의 사정거리 너머 공격에 미온이 낯빛이 달라진다. 간발의 차이로 공격을 회피하고 상대와의 거리를 두어 지상으로 내려온다.

'아, 위험했다……. 미온 녀석 방심했어.'

평범한 사도라면 직격을 먹고 끝났겠지. 역시 간부다. 그보다 왜 내가 가슴을 쓸어내려야 하는 거야.

"피했나. 역시 만만찮은 사도인 것 같군."

미온을 향해 아오가사키가 다시 접근한다.

그것을 요격하고자 미온은 양 날개를 칼날처럼 날카롭게 강화시켰다.

"후우. 이런 장거리 공격 수단을 가지고 있다니……. 오랜만에 오싹했어."

"나는 '참무의 검사'. 그 능력의 진수는 검풍을 조종하는 것에 있다. 가장 심오한 경지까지 깨달은 지금, 이제는 접근전만이 내 무대가 아니다."

"번거롭네, 진토닉."

"진소닉이다."

……설마 아오가사키까지 새로운 기술을 얻었을 줄이야. 게다가 기술에 멋진 칵테일 같은 이름을 붙여 버렸을 줄이야.

'이번 기회에 고전풍 캐릭터에서 벗어날 작정인가? 캐릭터가 겹치지 않으면 좋겠지만……. 아니, 그런 걱정을 할

때가 아니야!'

태평하게 관전하고 있을 수는 없다. 나는 이제 서브 캐릭터가 아니다.

"여사도! 이번에야말로 목을 따 주마!"

"이 미온을 우습게 보지 마!"

두 사람이 전투를 재개하려 한 찰나. 나는 그 직전에 두 사람 사이에 뛰어들었다.

아오가사키의 번뜩이는 검날을 확인하고 손목을 붙잡는다. 동시에 미온의 예리한 날개 윗부분을 두 손가락 사이에 끼워서 잡는다.

"!"

아오가사키와 미온이 사이좋게 경악했다.

그러나 나 자신은 이제 와 꿈쩍도 하지 않는다. 일반인이 아니니까 이쯤은 할 수 있는 것도 보통이겠지. 그보다 아까부터 힘이 마구 샘솟는다.

"두 사람 다 그만 못 둬!"

나는 어리둥절해하는 두 사람에게 그렇게 일갈했다. 여전히 흥분 상태를 이어가고 있었기에 또 이상한 캐릭터가 되어 있었다.

"코, 코바야시……?"

"너, 너는 요전의…….."

각자의 당혹감을 무시하고 나는 먼저 아오가사키를 매섭게 응시한다.

"아오가사키 공! 이런 곳에서 노닥거릴 때가 아니지 않소!"

"어? 고, 공……?"

"최종 보스전을 잊고 있지 않으신가! 그대는 가지 않으실 생각인가!"

"아니, 하지만……."

"변명 따위 듣지 않겠소! 그리고 미온 공!"

이어서 이번에는 미온을 노려보았다.

내 박력에 압도당해 미온이 "힉" 하고 몸을 움츠렸다. 그 온몸에서 살기가 순식간에 사라졌다.

"이 몸을 기억하시는가!"

"또, 또 나왔어……. 어째서인지 공격할 수 없는 추행남……!"

그녀의 목소리가 전율로 굳었다. 볼이 움찔움찔 경련했다. 무례하군.

"무어가 추행인가! 그대도 분위기에 꽤 휩쓸리지 않았던가!"

"아, 아니야──."

"귀 청소까지 해 주지 않았는가!"

"아니야! 틀려! 그건 뭐랄까 잠깐 정신을 놓고……."

"아무튼 인간을 공격한다면 용서하지 않겠소! 다음은 그 정도의 추행으로는 끝나지 않을 줄 아시오! 부하에게도 그렇게 전하시오!"

"이, 싫어어어어——! 변태!"

그 직후 미온이 소리 지르면서 도망쳤다.

날개를 펼치고 날아올라 쏜살같이 허공으로 날아간다. 눈 깜짝할 사이에 저녁노을 저편으로 그 모습이 녹아들어 버렸다. 저 상태라면 안심해도 되겠지.

그리하여 이 자리에는 나와 아오가사키만 남았다.

비밀인데, 미온이 도망쳐준 것은 행운이었다. 나는 솔직히 그녀가 죽는 모습 따위 보고 싶지 않다.

그녀에게는 무릎베개를 해준 빚이 있다. 게다가 그 허벅지는 뜻밖에 내 얼굴에 잘 맞았다.

"코, 코바야시. 너는 대체……."

아직 상황을 파악하지 못한 아오가사키가 간신히 목소리를 짜냈다.

"아오가사키 공, 어서 가시오."

그런 그녀에게 나는 빈틈없이 진지한 표정으로 그 말을 되풀이했다.

유감스럽게도 말투는 돌아오지 않았다. 이 캐릭터에 관해서는 깊이 따지지 말아 주기를 바란다.

"류가는 지금 홀로【마신】과 싸우고 있소. 게다가【마신】의 그릇은 여동생인 쿄카 공주이시오."

"우……."

"여기서 류가를 돕지 않고 언제 도울 작정이신가! 이런 곳에서 사도와 맞찌르면 그대는 만족하고 눈을 감을 수 있겠는가!"

"그것 때문에 너는 그런 무모한 짓을 한 건가. 내가 죽지 않도록…… 자신의 몸까지 던져서……."

"자, 어서 류가 곁으로 달려가시오! 바람처럼!"

"……알겠다. 네 말대로 하지."

어쩐지 촉촉해진 눈동자로 나를 바라보고는, 아오가사키는 순순히 달려갔다.

"코바야시! 너는 도망쳐! 두 번 다시 위험한 짓은 하지 마!"

"알겠소!"

"대체 뭘까. 이 가슴의 고동 소리는……."

떠날 때 아오가사키의 그런 혼잣말을 들었지만 들리지 않은 것으로 했다.

아오가사키를 보낸 나는 남은 히로인 삼대장을 찾아 거리를 뛰어다녔다.

이제 엘미라 매카트니만 남았다. 틀림없이 그녀도 어딘가에서 사도의 격퇴에 열중하고 있을 터. 그것을 커버하면 최종 결전에 출연진은 다 모인다.

'사도 숫자는 약 백 마리. 이제 그렇게 많이 남아 있지는 않을 거야. 아니, 또 【마신】이 문을 열어 버리면 새로운 놈들이 나올 가능성도…….'

그렇다면 더욱더 히로인들을 하천부지로 급파해야 한

다. 【마신】을 쓰러뜨리지 않는 한 근본적인 해결이 되지 않기 때문이다.

차례차례 극적으로 달려가 쿄카를 공격하지 못하는 류가를 보조해야 한다……. 그런 생각을 하고 있을 때.

"코바야시 이치로!"

뜻밖에 전방에서 엘미라가 왔다.

자랑거리인 빨간 머리카락이 부스스 흐트러지고 다소 칙칙하다. 교복도 흙투성이고 걸음걸이는 휘청거렸다. 아무래도 상당히 소모한 것 같다.

아마도 상당한 고전을 면치 못했으리라. 좀 더 빨리 합류했다면…….

"괜찮아? 엘미라——."

"피를 내놓으세요!"

내가 허둥지둥 달려가자마자 엘미라가 목덜미를 덥석 물었다.

"엇? 자, 잠깐만 기다——."

따질 것도 없이 곧장 쮸우우우우우~ 하고 용서 없이 피를 빤다. 외제 청소기처럼 정말 놀라운 흡인력이었다.

"아, 으……."

순식간에 온몸에 힘이 빠져 그 자리에 주저앉는다.

그러나 엘미라는 용서해주지 않았다. 그녀가 꿀꺽꿀꺽 목을 울리는 소리를 나는 그저 들을 수밖에 없었다.

"……캬아아아—! 역시 당신의 피는 춋고예요!"

약 일 분 후. 드디어 엘미라가 흡혈을 멈추어 주었다.

입가를 닦으면서 조금 전의 피폐함이 거짓말처럼 벌떡 일어난다. 어째 피부가 반질반질하고 진홍색 머리카락도 선명함을 되찾았다.

"그래서, 코바야시 이치로. 이런 곳에서 뭘 하고 있지요?"

참 빨리도 그런 질문을 하는 뱀파이어.

그러나 나는 대답할 수가 없었다. 땅바닥에 고꾸라져 신음하는 게 고작이었다.

"설마 당신, 사도와 싸우려 했어요? 아무리 그래도 그건 무모해요."

"우……우."

"안심하세요. 사도의 사기는 이제 어디에서도 느껴지지 않아요. 아무튼 마을은 괜찮아요……. 시오리 씨와 레이 씨는 무사하려나."

"두 사람…… 류가 곁으로, 갔다……."

남은 힘을 짜내 간신히 전했다.

"엇, 그런가요?"

"너도…… 빨리 가…… 류가, 도와……."

나는 다시 이상한 캐릭터가 되어 있었다. 지금까지와는 달리 기분은 밑바닥이었지만.

"그래야겠네요. 보급도 가득 채웠고 멍청하게 있을 수 없어요! 지금의 나라면【마신】도 두렵지 않아요!"

흐려지는 시야 속에서 엘미라가 V사인을 했다. 그러나 반응은 하지 못했다. 긴장을 풀면 의식을 잃어버릴 것 같았다.

"코바야시 이치로, 당신은 피난을. 나머지는 우리에게 맡기세요."

"알겠다…… 나, 피난한다…….”

"돌아온다면 다시 피를 빨게 해주겠어요? 류가에게는 비밀로."

엘미라는 마지막에 그렇게 속삭이고 살짝 윙크했다.

그대로 기운차게 떠나는 그녀의 모습을 나는 몽롱한 의식으로 멍하니 바라보았다. 극도로 피를 잃은 탓인지 몸이 이상하게 으슬으슬했다.

누구…… 수혈해주지 않을래?

4

그로부터 십 분쯤 지난 다음에야 나는 다시 일어날 수 있었다.

이제 오늘은 글렀다고 생각했지만 내 몸은 예상보다 더 튼튼했다. 누워 있는 동안에 오라 제어 방법도 대강 파악했다.

'그 흡혈귀 녀석…… 내가 일반인이면 병원행이었다고.'

하지만 이걸로 히로인 삼대장은 마지막 전투에 제때 도

착했겠지.

나도 자고 있을 수는 없다. 뒤쫓아야 한다. 좀 더 제대로 최종 결전에 관여해야 한다.

'꾸물거리면 류가가 이기고 말 거야. 그 전에 가야 해. 그리고—— 찾아야 해.'

코바야시 이치로의 정체는 무엇인가?

이 전투 끝에 그 대답이 있을 것 같다. 전투가 결말이 나면 늦어버린다.

'수수께끼 캐릭터인 채 끝낼 수는 없어. 그건 내 자존심이 용서치 않는다고.'

설령 대답이 없다면 억지로 찾아내면 그만이다. 자신의 역할은 스스로 찾을 뿐이다.

그것이 이토록 깊이 개입해버린—— 내가 책임지는 방식이다.

'그러고 보니 아직 이계의 문은 열린 채지? 내버려 둬도 될까?'

그 점이 마음에 좀 걸렸지만 대응할 시간은 없다. 어차피 나는 문을 봉인하는 수단 따위 알지 못한다.

틀림없이 【마신】을 쓰러뜨리면 알아서 닫힐 것이다. 저런 건 그런 법이다.

나는 쉽게 보고 무작정 하천부지로 향했다.

달려간 하천부지는 그야말로 전투가 한창 펼쳐지고 있

었다.

제방에서 내려다보는 내 시선 끝에 류가와 히로인들이 있다. 그리고 그 너머에는 강가를 등지고 쿄카가 멈추어 서 있었다.

……전황은 한눈에 파악이 가능했다.

쿄카 앞에 류가가 무릎 꿇고 있다. 숨을 헐떡이면서 상대를 노려보는 것만이 고작인 상태다. 이토록 열세인 히노모리 류가를 나는 처음 보았다.

그리고 그것은 히로인들도 마찬가지였다.

다들 여력을 남기고 도착했을 텐데 벌써 만신창이가 되었다. 저마다 교복 곳곳이 찢어져 맨살이나 속옷을 슬쩍 드러냈다. 이런 부분은 역시 히로인들이라 할 수 있으리라.

그런 류가와 히로인들에게 쿄카가 무표정하게 말한다.

명백히 그녀의 목소리와는 다른, 중저음의 남자 목소리였다.

"이 몸은 【마신】이다. 인간은 이 몸을 이렇게 부른다──혼돈."

어느새 하늘은 두꺼운 암운으로 뒤덮였다. 우르릉 하는 천둥소리가 울리고 번개가 번쩍였다.

그러자 쿄카의 온몸에서 방대한 오라가 소용돌이친다.

시커멓고 불길한 사기는 그녀의 등 뒤에서 인간 형태를 이루고 순식간에 우람하고 커다란 남자가 되었다.

'저게 【마신】인가……!'

사기의 밀도가 더할수록 【마신】이 점점 살이 붙어 실체화한다.

　이마에 거대한 뿔 하나가 있었다. 입에서는 장대한 엄니가 돌출해 있다. 봉두난발이 거꾸로 치솟고 통나무 같은 팔로 팔짱을 끼고 분노의 형상으로 류가를 흘겨보는 모습은…… 마치 마귀 같다.

　"자아, 멸망해라 인간들이여. 그 피를, 살점을, 혼을…… 제물로 나에게 바쳐라."

　쿄카가 배후의 【마신】과 함께 천천히 류가에게 다가간다.

　나는 제방에 납죽 엎드려서 그 모습을 조마조마 지켜보았다.

　'위험하지 않나? 설마 이대로 주인공 편이 당해버리는 사태는…….'

　그 【마신】은 그 정도로 강적이다. 미온의 사기도 대단했지만 솔직히 이 녀석은 차원이 달라도 너무 다르다. 아무리 그래도 진짜로 세계가 멸망하는 건── 웃어넘길 수 없다.

　'어쩌지? 여기서 참전해? 내가 개입하는 건 정말로 이 장면이 맞을까? 누가 커닝 페이퍼라도 줘 봐!'

　내가 차츰 초조함에 휩싸이던 그때.

　갑자기 유키미야가, 아오가사키가, 엘미라가 차례차례 일어났다. 류가를 지키듯이 일제히 【마신】 앞을 가로막고 선다.

"······여러분, 치유가 필요합니까?"

"아니, 괜찮아. 이 정도로 내 검은 둔해지지 않아."

"저도 마찬가지예요. 당당히 달려와놓고 이대로 끝날 수는 없는걸요."

그런 말을 서로 주고받으며 히로인들이 동시에 뒤쪽의 류가를 바라본다.

"다, 다들······."

류가는 여전히 일어서지 못한 채 세 사람을 올려다볼 뿐이었다. 아마도 신체적인 대미지보다 적이 쿄카라는 정신적인 대미지가 클 것이다.

하지만 히로인들의 마음은 아직 꺾이지 않았다.

유키미야도 아오가사키도 엘미라도 주인공에게 힘을 주기 위해 미소 짓고 있었다. 그러면서 피부 노출도 잊지 않는다.

여러모로 곤란한 점도 있었지만······ 역시 그녀들도 훌륭한 히로인이다. 메인 캐릭터에 어울리는 존재다.

"히노모리 군. 저의 '축명의 무녀' 힘, 마지막까지 당신과 함께."

"나는 '참무의 검사'. 류가······ 나는 너의 검이다."

"물론 저, '상암의 혈족'도 잊지 마세요. 그 진정한 힘을 보여드리죠."

세 사람이 저마다 결의를 이야기한 그 순간.

히로인들의 몸에서 어마어마한 빛의 격류가 넘쳐 나왔다. 여태까지의 그녀들로는 생각할 수 없던, 류가에게도 지지 않는 대량의 오라였다.

그 빛은 유키미야가 백색. 아오가사키가 청색. 엘미라가 적색…… 그녀들의 이미지를 체현한 것 같은 컬러링이다. 그리고.

"신위해방——【백호】!"

"신위해방——【청룡】!"

"신위해방——【주작】! 이에요!"

그녀들의 외침에 호응해 눈 깜짝할 사이에 각자의 오라가 짐승 모습이 되었다.

'저, 저건…… 사신(四神)인가!'

나도 모르게 몸을 내밀고 눈을 휘둥그렇게 뜨고 세 사람을 바라본다.

——사신. 서백호, 동청룡, 남주작, 북현무로 이루어진 하늘의 네 방위를 관장하는 성수들. 애니메이션이나 게임 등에서 누구나 한 번쯤 본 적이 있지 않을까.

그 성수들이 이곳에 있었다.

히로인들의 등 뒤에서 구현화해 귀청을 찢는 포효를 마음껏 지르고 있었다.

설마 이런 막판에 흔한 사신 소재를 들여올 줄이야……

그보다 보기에 한 마리가 비었다. 현무가 없다.

류가가 현무라고 생각하기 어렵다. 그녀에게 깃든 것은

【용신】…… 중앙을 관장하고 사신을 통솔하는 존재 · 【황룡】이라 짐작된다.

그러니까 류가는 만능인 것이다. 히로인들의 각 능력을 전부 쓸 수 있다.

'거북이는 전투에 집어넣기 어렵기 때문일까. 사신인데 현무가 없다니…… 응?'

현무가── 없어?

그때 나는 흠칫 놀라 숨을 삼켰다. 코바야시 이치로는 어떤 자인가…… 그 대답을 지금에서야 마침내 얻은 듯했다.

'혹시 내가 【현무】 아냐?'

아마도 이것이 복선의 진상이다. 분명히 친구 캐릭터는 때로는 힘을 자각하고 주인공의 동료 캐릭터로 승격할 때가 있다.

그런 녀석은 평소부터 수수께끼 같은 언동을 하거나 류가의 전투를 뒤에서 보고 대담하게 미소를 짓거나 무엇보다 꽃미남이어야 하는데…… 이제 와 말해도 소용없다.

'그런가! 그랬던 건가! 그러니까 사도들도 나에게 기묘한 기적을 감지한 건가! 그러니까 나는 오라를 흘렸던 건가!'

생각해 보면 주인공이 여자인 이상 한 명쯤 남자 동료가 없으면 모양새가 안 나온다.

그곳에 내가 들어가 균형을 잡는 것이다. 사실은 서브 캐릭터로 있고 싶었지만 배부른 소리를 할 때가 아니다. 이 포지션 말고 달리 어떻게 앞뒤를 맞추겠어?

'이러고 있을 수 없어! 참전이다, 참전!'

히로인들이 신위를 해방한 지금이 절호의 타이밍……
여기서 마지막으로 【현무】도 더해 사신을 완성하는 것이
다!

내가 흥분해 환희하는 동안에도 히로인들이 성수와 함
께 【마신】에게 돌격한다. 잠깐만 기다려! 【현무】도 있으니
까!

그런 내 사정을 아랑곳하지 않고 성수들은 맹위를 떨친다.

얼음눈이 사납게 휘몰아치고, 빙설이 돌풍이 일고, 맹화
가 활활 타오른다. 대적하는 【마신】 또한 지면을 뒤흔들고
마구잡이로 가른다. 하천부지는 현재 온갖 천재지변이 한
가득이었다.

"호오…… 수백 년 전보다 강해졌구나. 【황룡】의 수호자
들."

세 방향에서의 공격에 【마신】이 다소 애를 먹고 있다. 흐
름은 완전히 이쪽에 있었다.

단, 신경 쓰이는 점이 한 가지 있다. 【마신】이 공격을 받
을 때마다 쿄카까지 얼굴을 일그러뜨렸다. 설마 대미지가
연계되어 있는 것인가?

"다들, 그만해! 공격하면 쿄카가…… 쿄카가!"

류가가 비통하게 외친 그 찰나.

틈을 보인 그녀를 향해 【마신】이 거대한 손바닥을 드리
웠다.

"네놈만은 약해졌구나. 【황룡】의 계승자여."

순식간에 【마신】의 손에 사기가 모이고 칠흑의 파동을 쏘았다.

순간적으로 허를 찔려 히로인들은 반응하지 못했다.

그 강렬하고 무자비한 일격은 그대로 오라를 두르지 않은 무방비한 류가에게로—— 곧장 날아갔다.

"위험해! 히노모리 군!"

"류가! 도망쳐!"

"도망치세요, 류가!"

주인공의 절체절명의 위기. 히로인들은 구하러 오기에 늦었다. 류가 본인조차도 꼼짝하지 못하고 있다.

이 궁지를 누가 타개하지?

당연한 거 아닌가. 바로 나다!

"류가아아아아아!"

고함을 치며 이미 나는 제방에서 뛰어올랐다.

그대로 조금 전 히로인들처럼 류가 앞을 가로막듯이 선다. 그리고 체내의 오라인지 코스모인지 차크라인지를 단숨에 폭발시켰다.

닥쳐오는 【마신】의 파동. 그러나 두려움은 없다. 나로서는 수수께끼 캐릭터인 채 끝나는 편이 훨씬 두렵다.

'【현무】라면 거북이. 거북이라면 등딱지. 등딱지라면 단단함……. 나의 이능력은 강인한 방어력이라고 본다!'

그렇다. 아마도 그것이 사도들이 나를 공격하기 주저한

이유.

놈들은 나의 방어력을 본능적으로 경계한 것이다. 이 얼마나 모순 없이 납득이 가는가!

눈앞까지 온 파동에 몸을 드러내고 나는 드높이 외친다. 각성할 때 결정적 한마디를.

"시, 시뉴, 신위해방! 현——."

아슬아슬하게 시간에 맞출 수 있다고 봤다. 하지만 익숙하지 않은 단어라서 그만 버벅대고 만 것이 화근이었다. 그 결과——.

나는 파동의 직격을 맞고 날아갔다. 가볍게 십 미터쯤 허공을 날았다.

"언무우윽——!"

나머지 대사를 말하면서 땅바닥을 데구루루 구른다. 천지가 어지럽게 회전하고 신발 한 짝이 어딘가로 날아간다.

'아차…… 저질러버렸어…….'

애써 준비한 하이라이트였건만. 최고로 타오르는 장면이었건만.

……【현무】의 각성, 허탕으로 끝나다.

5

그런데 나는 어디 하나 다친 곳이 없었다.

팔다리 하나라도 떨어져 나가고 배에 바람구멍이라도

뚫렸나 했지만 특별히 아무렇지도 않았다. 고작해야 땅바닥에 뒤통수를 찧는 바람에 혹이 생긴 것이 다였다.

'느, 늦다고…… 발동이…….'

대자로 벌렁 누우며 스스로 그렇게 투덜거린다.

사지가 멀쩡한 걸 보면 역시 나는 【현무】인 걸까. 하지만…… 성대하게 저지르고 말았다. 만반의 준비를 하고 등장했건만 일 초 만에 당해 버렸다.

'제길…… 내가 【현무】인 걸 좀 더 빨리 알았더라면…….'

그랬다면 신위해방 리허설을 할 수 있었을 텐데. 버벅대는 일도 없었을 텐데……. 그런 후회로 의욕을 잃어버린 그때.

"이, 이치로오오오—!"

비장감 가득한 절규와 함께 달려오는 발소리가 들렸다. 물론 류가다.

전투도 내던지고 바로 내 상반신을 벌떡 일으킨다. 들여다보는 얼굴은 눈물로 엉망이 되었다.

"이치로 바보! 왜 그런 무모한 짓을 하는 거야! 집에서 나오지 말라고 했잖아!"

분노하면서도 류가가 나를 끌어안는다.

보통은 이대로 그녀의 품속에서 숨을 거둘 장면이다만…… 다시 말하지만 나는 다친 곳이 없다.

"류가, 너야말로 무사해?"

"내 얘기는 됐어! 그보다 이치로가, 이치로가…….."

부주의하게도 류가가 여자애로 돌아왔다.

다행히 히로인들은 【마신】을 상대하고 있기 때문에 이쪽을 신경 쓸 여유가 없었다.

"이치로…… 죽지 마……."

"아니, 나는——."

멀쩡하다고 말하려다가 순간적으로 말을 멈추었다.

그 순간, 어떤 한 가지 '책략'이 머릿속에 번뜩인 탓이다.

'어쩌면 이건 결과 만사 해결인 게 아닐까? 이 상황을 이용하면 마지막의 마지막에 친구 캐릭터로 돌아가 끝날 수 있지 않을까……?'

그것을 즉각 실행하기 위해 나는 죽어가는 척 가장한다. 지극히 건강한 것을 숨기고 숨이 끊어질 듯이 헐떡이며 씩 미소 지었다.

"나는—— 네가 무사하면, 그거면 된 거야……."

"싫어! 되지 않아! 이치로가 없으면 나는 살아갈 수 없어!"

"울면 안 돼, 류가……. 지금의 너에게는 해야 할 일이 있, 잖아……."

그 연기, 그 대사는 우연히도 학예회에서 한 연극과 같은 대사였다.

나의 서브 캐릭터 원점인 목도리도마뱀 역할과 같은 것이었다.

"믿어, 류가……. 【마신】을 쓰러뜨리면 틀림없이 쿄카는 되찾을 수 있어…….”

“하, 하지만.”

“저 세 사람도 그렇게 믿고 싸우고 있는 거야…….”

이럴 때는 진심도 섞어 넣는다.

자신이 최종 보스라고 생각한 시절에는 【마신】과 함께 소멸할 작정이었지만, 생각해보면 빙의체는 ‘그릇’에 지나지 않는다. 실제로 류가의 【용신】도 대대로 계승 받는 수호신…… 사람에서 사람으로 옮겨 가는 것이다.

신이 사라져도 그릇은 남는다── 그 착안점이야말로 내 ‘책략’의 핵심이기도 했다.

“잘 들어, 류가. 나는 이런 곳에서 훌쩍이며 우는 걸 보기 위해 너를 도운 게 아니야……. 너는 이 세계를 지켜야지……. 그러면 쿄카도 지켜……!”

빈사 상태인 주제에 좀 너무 떠들었나. 아무래도 적당히 조절하기가 어렵다.

“네가 【마신】을 쓰러뜨린다면…… 나도 목숨을 건질 것 같은 예감이 들어…….”

“저, 정말로……?”

“그래, 약속하지……. 자, 어서 가, 류가……. 너라면 반드시 할 수 있, 어…….”

거기서 나는 기절한 척했다.

이제는 결말이 날 때까지 싸움을 구경하자. 도저히 류가가 이길 수 없을 것 같으면 마지막 힘을 짜낸 느낌으로 딱

한 번만 다시 참전하자.

'뭐, 그럴 걱정은 없을 것 같지만.'

내 몸을 조심히 땅에 뉘이고 류가가 조용히 일어난다.

그 얼굴은 완전히 늠름한 남자로 돌아와 있었다. 온몸에서 황금색 오라가 피어오르고, 【마신】의 방향을 예리하게 노려본다.

"이치로, 봐 줘. 반드시 【마신】을 쓰러뜨리겠어……. 그리고 쿄카를 되찾겠어!"

그래. 보고 있어. 멋지다, 류가. 너의 매력은 여자 모드와의 그 갭이다.

생각하면 그녀에게는 민폐만 끼치고 말았다. 야한 코스튬 플레이만 시키고 말았다.

하지만 그런 나날과도…… 이제 곧 작별이다.

"신위해방──【황룡】!"

높고 날카로운 기합과 함께 류가의 오라가 더욱 부풀어 오른다. 그 오라가 그녀의 등에서 점차 '황금의 용'으로 형태를 이루어간다.

직시하지 못할 정도로 눈부신 빛을 내뿜고 크기가 20미터는 될 법한 성수── 이것이 히노모리 류가의 수호신·【용신】이다. 또 다른 이름은 '론땅'이다.

"하아아아아아아아!"

"크아아아아아아아!"

류가의 포효에 【용신】의 포효가 겹친다. 그대로 류가는 수호신과 일체화해 거대한 빛의 화살이 되어 【마신】에게 돌격했다.

히로인들을 압도하던 【마신】이 곧바로 그에 반응한다.

"오오, 가증스러운 【황룡】…… 기다리고 있었다!"

다시 【마신】이 파동을 쏜다. 게다가 이번에는 양손으로 두 개의 파동이다.

그러나 류가는 빛의 흔적을 남기며 파동을 쿠구궁 빠져나가 적의 가슴을 관통했다.

"크, 윽……!"

처음으로 표정을 일그러뜨린 【마신】. 그러나 그 발치에서 쿄카 또한 괴로워하고 있었다.

조금만 더 견뎌줘 쿄카.

네 언니가 틀림없이 구해줄 테니까. 히노모리 류가는——내가 점찍은 주인공이니까!

광탄으로 변한 류가는 선회를 되풀이하며 몇 번이고 【마신】을 공격했다.

적의 온몸을 가리지 않고 찢고 뚫으며 계속해서 속도와 기세를 더해 간다.

"네, 네놈……."

그에 반해 【마신】은 반응만으로도 명백해 뒤지고 있었다. 초조한 마음에 파동을 난사하지만 류가는커녕 히로인들에게도 맞지 않았다.

파동 하나가 내 눈앞에 쾅! 하고 착탄하며 성대하게 땅바닥을 할퀸다.

어이. 조심해. 나도 모르게 벌떡 일어날 뻔했잖아.

"어째서지? 내 힘, 이 정도일 리가……!"

점점 더 초조해하며 【마신】이 혼잣말처럼 신음한다. 그
것은 결코 단순히 패배를 인정하지 못하고 부린 억지가 아
니었던 듯하다.

"오빠! 지금이야! 내가 억누르는 사이에 빨리…… 빨리
【마신】을!"

땅 위의 쿄카가 땀범벅 얼굴로 그렇게 외쳤다.

'쿄카…… 의식이 남아 있었던 건가!'

다시 말해 【마신】이 정상적인 상태가 아닌 이유는 빙의
체인 쿄카가 저항해 그 힘을 미약하게나마 봉인했기 때문
이리라.

역시 그녀도 히노모리 가문의 인간…… 아무래도 【마신】
은 깃든 그릇을 잘못 선택한 것 같다.

'게다가 이런 상황에서도 류가를 "오빠"라고 부르는 것
을 잊지 않다니…….'

그야말로 서브 캐릭터의 귀감이다. 쿄카와는 언젠가 꼭
조역론에 대해 이야기를 나누고 싶다.

"서, 설마, 이런 꼬마 계집애 따위가, 이 나를…… 윽?!"

쿄카가 만든 천재일우의 찬스는 승패를 결정지었다.

이미 【마신】의 눈앞에는 한층 거대한 광탄이 돌진하고
있다. 황금색, 그리고 백색, 청색, 적색의 빛을 내뿜는 모

든 메인 캐릭터가 일체화한 필살의 일격이.

"사라져라 【마신】! 나락의 밑바닥으로!"

류가의 씩씩한 외침이 들린 직후. 격돌한 빛이 폭발했다.

"크오오오오오오!"

단말마와 함께 【마신】이 빛 속에 삼켜져 사라져간다.

거대한 그림자가 안개처럼 흩어져 사라지고 포효의 잔향마저도 폭음이 뒤덮었다.

——이 세계에 '죽음과 파멸'을 불러일으키려 한 인류의 적 · '나락의 사도'.

그들의 왕인 【마신】은 여기서 잠들었다.

빼먹지 않고 쿄카를 남기고 잠들었다.

마지막 전투의 여운도 느끼는 둥 마는 둥하고 류가와 히로인들이 나에게 다가왔다.

정신을 잃은 쿄카의 케어를 유키미야에게 맡기고 류가가 내 앞에 무릎을 꿇는다. 그리고 얼굴을 살며시 가까이 댄다.

"끝났어, 이치로. 이제 바니 의상을 보여 줄 수 있겠네."

귓가에서 속삭였지만 나도 절찬 기절 중이다. 쿄카와 달리 자는 척하는 거지만.

"그건 그렇고 코바야시 님은 대체…… 어떤 사람일까요."

"음. 설마 우리 외에 사도와 싸울 수 있는 존재가 있을 줄이야…….”

“최대의 수수께끼가 남아버렸네요.”

히로인들이 저마다 그런 말을 하고 있다.

이제 와 수수께끼고 뭐고 없지. 【현무】야. 줄곧 방치해 온 최종 보스 공격을 고스란히 받고도 멀쩡한 치트 【현무】라고. 그것 말고 뭐라는 거야.

“음, 요컨대…… 이치로는 역시 평범한 사람이 아니라는 거지.”

내가 숨을 쉬는 걸 확인한 류가가 웃으면서 볼을 쓰다듬는다.

“하지만 어떤 사람이든 관계없어. 이치로는 이치로야. 나의 소중한.”

그런 류가의 말에 히로인들이 바로 항의의 소리를 높였다.

“히노모리 군. 어쩐지 코바야시 님께 상냥하군요. 별로 재미있지 않습니다.”

“동감이다. 나도 재미있지 않아. 애초에 류가, 너는 우리를 보고 아무것도 느끼지 않는 건가? 옷이 여기저기 찢겨서 이렇게 피부를 드러내고 있는데.”

“저도 재미있지 않아요. 다만 보이즈가 러브러브하는 것도 무척 좋아하지만요.”

전투의 긴장감도 지나고 대단원을 맞이하는 듯하다.

……자 그럼. 나에게는 이제부터 일이 하나 더 남아 있다.

‘안성맞춤에 딱 좋은 온화한 분위기가 되었군. 지금이라

면—— 가능하다.'

내 '책략'은 이렇다.

빈사 상태인 줄 알았던 코바야시 이치로는 사실은【현무】의 방어력 덕분에 상처가 없었다. 갑자기 "후아아~, 잘 잤다" 같은 소리를 하며 눈을 뜨고, 이어서 "어라? 여기는 어디지? 내가 어째서 이런 곳에서 자고 있는 거지?"라며 시치미를 떼는 거다.

극한까지【현무】의 능력을 사용한 나는 무사한 대신 그힘을, 나아가서는 최근 몇 주간의 기억을 잃었다. 즉, 평범한 일반인으로 돌아갔다.

히로인들과의 플래그도 류가가 여자라는 사실도 전부 잊어버렸다……. 내가 짰지만 완벽하다고 본다.

이거야말로 기사회생의 '기억에 없습니다 작전'이다.

'이걸로 나는 류가의 친구 캐릭터로 피날레를 맞이할 수 있다! 뒷일은 그 뒤에 생각하겠어!'

자, 봐라. 코바야시 이치로의 일생일대의 엄청난 연극.

초조해하지 마. 아직이다. 조금 더…… 좋아, 지금이다!

"후아아~, 잘 잤——."

"다들——! 무사했어——?!"

그때.

내 하품을 지우듯이 갑자기 그런 소녀의 목소리가 날아들었다.

모두가 일제히 그쪽을 향해서 나는 허둥지둥 혼수상태

를 이어간다. 뭐야? 누구지? 메인 캐릭터라면 전원 여기에 모였다고?!

다다다닥 달려온 사람은 작은 체구에 숏컷, 더없이 활발해 보이는 소녀였다. 실눈으로 관찰한 바로 우리 오메이 고등학교 교복을 입고 있었다.

가슴은 절벽, 눈은 동그래서 자칫하면 중학교 2학년의 쿄카보다 어려 보인다. 그러나 신체 능력은 높을 것 같았다. 어디에도 빈틈이 없었다.

'누, 누구야 이 녀석은…… 이런 캐릭터가 있었던가? 어째서 인제 와 등장했지?'

아니—— 나는 그녀를 어딘가에서 본 적이 있는 것 같았다. 머리 한쪽에 그 기억이 존재한다.

그 대답은 금세 얻었다. 류가와 히로인들이 아무렇지 않게 맞이한 그녀가 멋대로 자기소개를 했기 때문이다.

단 그것은. 나의 '책략'을, 내 존재의의를, 근본부터 뒤엎는 자기소개였다.

"쿠로가메 리나. 열린 이계의 문을 무사히 모두 봉인하고 왔습니다!"

절도 있게 경례하고 활짝 웃는 쿠로가메 리나라는 소녀.

'쿠로가메 리나라고…… 문을 봉인했다고……?'

거기서 나는 그제야 그녀를 완벽하게 떠올렸다.

그렇다. 이 녀석은 류가의 소꿉친구다. 몇 년 만에 다시 만났다는, 옆집이고 가족 단위로 친분이 있고 2학년 E반의 리나다.

내가 마음대로 제외하고 있던 히로인 후보 중 한 사람이다!

그러고 보니 이런 애도 있었다. 그러나 왜 이 녀석은 문을 봉인할 수 있었지? 설마 류가와 히로인들이 이계의 문을 크게 신경 쓰지 않았던 건…… 그녀가 있었기 때문인가?

조바심이 나는 나를 뒷전에 두고 류가와 히로인들이 친숙한 분위기로 쿠로가메 리나를 향해 웃었다.

"수고했어, 리나. 하지만 가능하면 조금 더 빨리 와줬으면 했어. 리나가 있으면 더 쉽게 이겼을 테고."

"에헤헤, 미안해 류. 아직 각성한 지 얼마 안 돼서 제대로 이능력을 다루지 못하거든."

"정말이니 리나 씨는 마이페이스라서 곤란해요."

"으핫~."

"아무리 그래도 너는 '성벽(星壁)의 수호자'잖아. 내가 류가의 검이라면 리나는 방패다. 조금 더 야무져야만 해."

"안다니까~"

"자기만 히노모리 군을 어릴 적부터 아는 것도 치사합니다."

"저기 다들. 아직 알아차리지 못한 것 같지만 류는 여……."

"와아—! 아무것도 아니야! 아무것도 아니니까!"

류가가 벌떡 일어나 필사로 일버무린다.

아무래도 쿠로가메 리나는 류가의 비밀을 아는 것 같다. 이것도 소꿉친구의 특권인가.

'그보다 그런 건 아무래도 좋다.'

나는 지금 공포에 떨고 있다. 진짜로 동공이 열리고 있다.

각성했다고? '성벽의 수호자'라고?

그리고 쿠로가메라는 완전히 '문자 그대로'인 성('가메'는 거북이란 뜻). 설마, 설마 이 녀석은……!

"아무튼 여러분! 앞으로도 잘 부탁해! 【현무】, 바로 쿠로가메 리나를!"

너냐.

네가 【현무】냐!

'왜 그런 중요한 사실을 지금까지 말하지 않았어! 왜 전혀 메인 스토리에 개입하지 않는 거야! 게다가 마지막 전투에 늦다니 머리를 빡빡 미는 정도로는 끝나지 않는다고!'

당장이라도 일어나서 멱살을 잡고 싶었다. 나의 지금까지의 기묘한 모험은 대체 뭐였냐고.

그러나 그럴 수는 없다. 지금 여기서 일어나면 나에게는 하나도 다치지 않은 사실을 설명할 책임이 생기고 만다.

'최종 보스도 아니야. 사도도 아니야. 【현무】도 아니야. 그럼 나는 뭐냐고……. 이야기에 방해만 해댔을 뿐이잖아…….'

아무튼 간에. 쿠로가메 리나 덕분에 나는 일어날 타이밍을 완전히 놓쳐 버리고—— 이제는 다시 수수께끼만이 남았다.

코바야시 이치로는 어떤 인간인가? 라는 수수께끼가.

에필로그

마지막 전투가 끝나자 나는 그대로 병원에 실려가 입원했다.

한편으로 쿄카는 자택에서 요양했다. 사실은 나도 그러고 싶었지만 눈을 뜨지 못했으므로 하는 수 없었다.

위급한 환자 취급을 받고 정밀검사까지 받았다. 그 결과 의사에게 "단순한 빈혈이군요"라는 말을 들었다. "그렇죠"라는 말밖에 할 수 없었다.

'음, 한동안 학교를 빼먹는 건 다행인가······.'

나는 병실 침대에 엎드려 누워서 대낮부터 이러지도 저러지도 못하고 있었다.

류가와 히로인들이 병문안을 오려 했지만 금방 퇴원한다고 거절했다. 하다못해 한 줄기 빛은 '마지막 전투에 대해서는 아무것도 기억하지 못한다'라는 해명 하나가 간신히 받아들여진 것인가. 하지만 앞으로 어떻게 해야 하지······.

'결국 류가가 여자라는 사실은 여전히 알고 있는 걸로 됐어. 히로인들과의 플래그도 당연히 남아 있다. 사도인 여간부와도 친분을 쌓고 말았다.'

그리고 가장 큰 문제는 수수께끼 캐릭터로 돌아가 버린 점이다.

모든 복선을 내팽개치고 세계에 평화가 찾아와버린 점

이다.

더 이상 친구 캐릭터로 돌아가는 것에 의미는 없다. 류가의 전투는 이제 끝났으니까.

"나는…… 류가에게 뭐였지."

그런 소리를 툭 중얼거렸을 때. 옆에 있던 휴대전화에 메시지가 왔다.

보낸 이는 바로 그 류가였다. 추측건대 바니 코스튬 플레이를 보여줄 날이라도 정하고 싶은 거겠지. 아니면 미래의 아기 이름이라도 정했나.

'이치로에게. 몸은 어때? 너무 무리하지 마.'

메시지는 그런 염려의 말로 시작했다.

다만 이어지는 내용은 내 예상과는 달랐다. 터무니없이 엄청난 이야기였다.

'사실은 한 가지 중대한 알림이 있어. 지금의 이치로에게 전해야 할지 고민했지만……. 역시 빠른 편이 좋을 것 같아서.'

문자를 좇아가면서 점차 내 얼굴이 굳었다. 심장 박동이 빨라진다.

'마지막 순간에 【마신】이 말했어. 자신은—— 사흉 중 한 사람이라고. 머지않아 다른 삼왕도 부활할 거라고.'

사흉? 사흉이 뭐야?

그 설명은 이어지는 문장에 바로 기재되어 있었다.

'사흉이란 고대부터 인류와 적대해 온 【마신】들이야. 혼돈, 도철, 도올, 궁기라는 사악한 신들……. 내 사명은 아직 끝나지 않았어. 사도는 이미 다음 【마신】을 찾아 움직이고 있는 것 같으니까.'

아직 끝나지 않았다?

류가의 전투는, 이야기는…… 단순히 '제1부 · 완결'이었다는 것인가?

'미안해 이치로. 하지만 나 열심히 할게. 이치로와의 연인 수행도 아직 계속──.'

메시지를 읽는 도중. 나는 문득 휴대폰 화면에서 시선을 피했다.

자신의 손에서 시커먼 오라가 나오는 것을 깨달았기 때문이다.

"뭐, 뭐야 이거? 적도 없는데……."

허둥지둥 몸을 일으키자마자 등에 강렬한 기척을 느낀다.

"!"

……솔직히 돌아보면 안 될 것 같았다.

돌아보면 그곳에 엄청나게 무시무시한 배후령보다 위험한 존재가 있을 것 같았다.

'설마 내 정체는 제2의 쿄카였던 건……? 더욱 정확하게 말하면 제2부의 쿄카적 포지션이었던 건……?'

일찍이 미온이 말했다. 나를 공격하지 않는 이유는 '우리에 가까운 존재이기 때문'이라고. 게다가 이 시커먼 오라는…… 틀림없이 쿄카가 뿜던 오라와 같은 것이다.

내가 굳어 있는 동안에도 배후의 기척은 점점 짙어졌다. 그것이 사기란 사실 따위 진작에 알고 있었다.

마침내 그런 나를 향해.

등 뒤의 '그 녀석'이 대범한 말투로 말을 걸어왔다.

"나리, 이런 곳에서 자도 됩니까? 이제 곧 기말시험이오만."

뜻밖에 유창한 말투였다. 이 녀석은 무슨 걱정을 하는 거야.

"혼돈 자식에게 공격받은 덕분에 드디어 완전히 눈을 떴지 뭡니까. 그 망할 자식, 당해서 속이 후련하네."

그 망할 자식은 쿄카에게 깃든 【마신】님이지? 그럼 이 녀석은——.

"나리이. 무시하지 마세요오."

살짝 토라진 목소리의 '그 녀석'에게 나는 앞을 본 채 대꾸만 했다.

"……너도 역시 【마신】?"

"예, 【마신】입죠. 텟짱이라고 불러주세요."

텟짱. 아마도 이 녀석은 그거다. 사흉 중 한 마리, 도철(토테츠)이다.

히노모리 류가의 이야기는 아직 계속되고 있다. 그 자체는 다행인지도 모른다. 하지만.

내가 친구 캐릭터로 돌아가는 건 상당히 무리일 것 같다.

후기

여러분, 처음 뵙겠습니다. 다테 야스시라고 합니다.

혹시 아시는 분, 오랜만에 뵙습니다. 잘 지내시나요. 다테 야스시입니다.

이번에는 『친구 캐릭터는 어렵습니까?』를 읽어주셔서 정말로 감사드립니다! 의문형 제목에 연이 있는지, 저자로서는 전작에 이어 '?'가 붙은 제목입니다.

제목은 참 짓기 어렵죠.

이번에는 저도 직접 『베스트 프렌더 코바야시』, 『Chingu · Ro · Ikehejo』 등, 어학력을 살린 제목안을 제출했습니다.

그리고 장대한 타이틀을 고려해 『코바야시인 • 사가』, 『드래곤 워즈 with 코바야시』 같은 안도 냈습니다.

당연하지만, 편집부님의 영단으로 모조리 쓰레기통행이 되었습니다. 정말로 너무 죄송했습니다.

다만 『베스트 프렌더 코바야시』만은 띠지 부분에 사용해주실 모양입니다. 무척 영광입니다.

이럴 줄 알았으면 『초 클래스메이터 코바야시』나 『백 투 더 프렌저』나 『진격의 친구』 같은 것도 혼나는 걸 무서워하지 말고 제안할걸…… 그런 아쉬움을 느끼는 오늘날입니다.

완성까지 여러 가지 옥신각신하기도 했지만, 조금이라도 즐겨주셨다면 좋겠습니다. 읽으신 분들의 시간 때우기에 조금이나마 도움이 된다면 저자로서 더할 나위 없이 기쁜 일입니다.

가가가 문고님께는 처음 신세 졌는데, 변함없는 자세로 향상심을 잊지 않고 애쓰겠습니다.

그리고 언젠가 친구들에게도 '나, 소설 쓰고 있어'라고 당당하게 말할 수 있는 날이 오기를 꿈꿉니다. 여전히 남몰래 활동하고 있는 복면 라노벨러 다테 야스시입니다.

그러면 진부하지만 감사 인사를 드립니다.

매력적인 일러스트를 그려주신 베니오 님.

담당님 및 편집부 분들.

출판·판매에 종사하시는 많은 분들.

그리고 읽어 주신 당신께.

이 자리를 빌려 깊이 감사드립니다. 앞으로도 잘 부탁드리겠습니다.

아쉽지만 이쯤에서 펜을 내려놓으려 합니다. 여기까지 함께해주셔서 정말로 황공합니다. 사랑합니다.

주인공(?)인 이치로의 '친구 캐릭터'로의 길은 여전히 험난하지만 메인 캐릭터들과의 플래그에도 지지 않고, 최종 보스의 플래그에도 지지 않고, 내친김에 새로운 캐릭터와의 플래그에도 지지 않고 다음 권에도 여러모로 애쓸 예정입니다.

그럼 또 이렇게 뵐 수 있기를 기원합니다.

감사합니다!

다테 야스시

YUJIN CHARA WA TAIHEN DESUKA? Vol.1
by Yasushi DATE
©2016 Yasushi DATE Illustrated by BENIO
All rights reserved.
Original Japanese edition published by SHOGAKUKAN.
Korean translation rights in Korea arranged with SHOGAKUKAN
through Shinwon Agency Co.

친구 캐릭터는 어렵습니까? 1

2017년 10월 15일 1판 1쇄 발행
2021년　3월　1일 1판 2쇄 발행

저　　　자 다테 야스시
일 러 스 트 베니오
옮 긴 이 박시우
발 행 인 유재옥
본 부 장 조병권
담당편집자 조찬희
편 집 1 팀 이준환
편 집 2 팀 김민지 정영길 조찬희
편 집 3 팀 김혜주 곽혜민 오준영
편 집 4 팀 성명신
라이츠담당 김슬비 한주원
디 지 털 박상섭 이성호 최서윤
발 행 처 ㈜소미미디어
인쇄제작처 코리아피엔피
등　　　록 제2015-000008호
주　　　소 서울시 마포구 토정로222, 403호 (신수동, 한국출판콘텐츠센터)
판　　　매 ㈜소미미디어
마 케 팅 우희선 이주희 한민지
전　　　화 편집부 (070)4164-3962, 3963 기획실 (02)567-3388
　　　　　　판매 및 마케팅 (070)4165-6888, Fax (02)322-7665

ISBN 979-11-6190-092-6 04830
ISBN 979-11-6190-091-9 (세트)